임영기 新무협 판타지 소설

FANTASTIC ORIENTAL HEROES

와룡봉추 18

임영기 新무협 판타지 소설

초판 1쇄 찍은 날 § 2020년 5월 26일
초판 1쇄 펴낸 날 § 2020년 6월 2일

지은이 § 임영기
펴낸이 § 서경석

총괄팀장 § 노종아
편집책임 § 강서희

펴낸곳 § 도서출판 청어람
등록번호 § 제387-1999-000006호
등록일자 § 1999. 5. 31
어람번호 § 제2-2833호

주소 § 경기도 부천시 부일로 483번길 40 서경B/D 3F (우) 14640
전화 § 032-656-4452 팩스 § 032-656-4453
http://www.chungeoram.com
E-mail § chungeorambook@daum.net

ISBN 979-11-04-92198-8 04810
ISBN 979-11-04-91921-3 (세트)

도서출판
청람

18

와룡봉추

임영기 新무협 판타지 소설

FANTASTIC ORIENTAL HEROES

目次

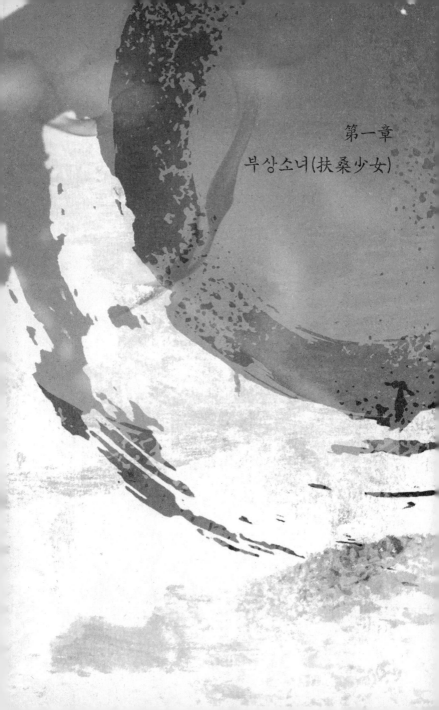

第一章

부상소녀(扶桑少女)

화운룡의 겉옷을 걸치고 구덩이에서 나온 연군풍은 옥봉
을 발견하고 반가운 표정을 지었다가 곧 공손히 고개를 숙였
다.

"주모를 뵈옵니다."

"네."

대답을 했지만 옥봉은 씁쓸한 표정을 지었다. 그녀를 '주모'
라고 호칭하는 사람은 비룡은월문의 측근들뿐이었다. 그런데
화운룡이 연군풍에게 운설의 기억을 심어주었으니 옥봉을 주
모로 대하는 것이 당연하다.

옥봉은 화운룡이 어색한 표정을 짓는 것을 보고는 그를 살짝 흘겨주었다.

어째서 하필이면 연군풍에게 운설의 기억을 주입했느냐는 뜻이다.

야말과 굴락을 발견한 연군풍은 활달하게 외쳤다.

"너희들 살아 있구나!"

"공주를 뵈옵니다."

야말과 굴락이 예를 취하려고 하자 연군풍이 손을 내저었다.

"인사 같은 건 집어치워라."

"……."

야말과 굴락은 가루라에 탔을 때 천여황과 연군풍, 우호법 백룡천제 연본교를 아주 가까이에서 모셨었다.

그때 연군풍은 거의 말이 없으면서 차분한 성격이었는데 지금은 사람이 완전히 변해 활달하고 거침없는 모습이라서 야말과 굴락은 헷갈리는 표정을 지었다.

연군풍은 화운룡이 심심상인을 시전해서 천황이제자의 기억을 되찾았으며, 아울러 심지공으로 최측근 여자의 기억을 심어주어 운설이 되었다. 말하자면 그녀는 천황이제자이면서 동시에 운설인 것이다.

그리고 오래지 않아서 마침내 화운룡이 우려하던 일이 벌어지고 말았다.

연군풍은 자신이 화운룡의 최측근 운설이면서 동시에 천황이제자 연군풍이라는 두 개의 신분을 갖고 있다는 모순을 인지하게 되었다.

그녀는 자신이 연군풍인지 아니면 운설인지 분간이 되지 않아 우두커니 서서 골똘한 생각에 잠겨 연신 고개를 갸웃거리고 있었다.

그러다가 그녀는 급기야 화운룡을 바라보면서 복잡한 표정을 지으며 물었다.

"주군, 도대체 나는 누구죠? 연군풍인가요? 아니면 혈영객 설운설인가요?"

화운룡은 씁쓸한 표정으로 연군풍을 쳐다보기만 할 뿐 대답해 줄 말을 찾지 못했다.

야말과 굴락은 연군풍이 도대체 무슨 말을 하는 것인지 어리둥절한 표정을 짓고 있지만 감히 나서지 못하고 상황을 지켜보기만 했다.

화운룡은 이래서는 안 되겠다는 생각을 했다. 심심상인과 심지공이 때에 따라서는 더할 나위 없이 좋은 수법이지만 그걸 남발하면 이런 상황이 돼버린다는 교훈을 얻었다.

그는 잠시 고개를 숙이고 골똘하게 생각에 잠겼다가 조금 전에 나온 구덩이로 걸어갔다.

"따라와라."

"저요?"

운설의 말에 화운룡은 뒤돌아보지 않은 채 말했다.

"봉애, 봉령, 운설. 셋 다 따라와라."

세 여자는 화운룡을 뒤따르면서 즉시 그의 생각을 읽었다. 그녀들이 보기에도 지금 이런 상황은 좋지 않은 것 같았다.

화운룡은 연군풍에게서 운설의 기억을 제거해야겠다고 마음먹었다.

그러면서 자신의 생각을 옥봉과 자봉이 공유하는 것을 고쳐보기로 했다.

원래 생각이라는 것은 나 자신도 다스리지 못하는 것인데 그것을 옥봉과 자봉이 같이 공유하니까 편리함보다는 불편함이 훨씬 더 많았다.

그뿐만이 아니라 그가 옥봉과 자봉이 생각하는 것까지 공유하게 되니까 알아야 할 것보다 알지 말아도 될 생각이 훨씬 더 많다는 것을 알게 되었다.

더구나 여자란 태생적으로 남자보다 잡생각이나 쓸데없는 괜한 걱정 같은 것들을 많이 하는 편이어서, 시도 때도 없이 그런 시시콜콜한 그녀들의 생각이 화운룡에게 전해지는 바람에 피곤하기 짝이 없었다.

세 여자는 화운룡과 생각을 공유하기에 그가 무엇을 하려는 것인지 이미 알아차렸다.

"저는 하지 않겠어요."

그런데 따라오던 연군풍이 걸음을 멈추더니 단호한 표정으로 고개를 가로저었다.

"너……."

연군풍은 울상을 지으며 애원했다.

"여보, 우리가 어떤 사이라는 것을 잊었나요? 저는 오십여 년 동안 밤낮으로 당신 곁을 지켰어요. 그랬던 우리가 과거인 지금 천신만고 끝에 다시 만났는데 제 기억을 지우겠다니요? 절대 그럴 수 없어요."

그녀는 옥봉이 있는데도 아랑곳하지 않고 거침없이 화운룡을 '여보'라고 호칭했다.

옥봉은 예전에는 화운룡과 운설의 관계에 대해서 그저 주군과 최측근 사이라고만 알고 있었다.

더구나 운설이 화운룡을 '여보'라고 부른다는 사실은 꿈에서도 상상하지 못했었다.

'여보'라는 호칭 하나만 봐도 화운룡과 운설의 사이가 어떠했을지 짐작하고도 남았다.

물론 연군풍은 운설이 아니지만 그녀가 자신이 운설이라고 철썩같이 믿고 있는 한 그녀는 운설인 것이다.

화운룡이 돌아보지도 않고 냉정하게 말했다.

"너는 운설이 아니다."

연군풍의 얼굴이 흐려졌다.

"무슨 말씀이에요? 제가 운설이 아니면 누구라는 건가요?"

"너는 연군풍이다."

연군풍은 걸음을 멈추더니 매우 복잡한 표정을 지었다.

"그렇군요. 저는 연군풍이에요. 그런데… 어째서 제가 운설인 건가요? 도대체 저는 누구죠?"

그녀는 세차게 고개를 가로저었다.

"아니, 아니에요! 저는 운설이에요!"

그러다가 그녀는 멍해졌다.

"아니… 저는 연군풍인가요? 아아… 도대체 저는 누구죠? 말씀해 주세요. 제가 누군가요?"

구덩이 안에 화운룡을 중심으로 옥봉, 자봉, 연군풍이 세 방향에 둘러앉았다.

화운룡은 머릿속으로 줄곧 어떻게 하면 세 여자를 원상태로 되돌려 놓을지에 대해서 곰곰이 궁리했고 오래지 않아서 답을 찾아냈다.

심심상인은 놔두고 심지공을 역으로 운용하면 가능할 것 같은데, 말하자면 역심지공이다.

그렇게 해서 인위적으로 주입한 기억을 없애고 생각을 공유하는 장치를 차단하는 것이다.

지금까지 그랬던 것처럼 이론상으로는 완벽하다. 이제 실행하면 된다.

화운룡은 한 사람씩 하려다가 세 여자 한꺼번에 시도하기로 작정했다.

그는 책상다리 자세로 앉아서 두 팔을 활짝 벌렸다.

"모두 이리 와서 나한테 안겨라."

자세야 어떻게 하든지 간에 화운룡의 손이나 몸이 상대에게 직접 닿아야 하니까 세 여자를 한꺼번에 안는 것이 가장 좋을 듯했다.

옥봉과 자봉이 화운룡의 좌우 무릎에 그를 보는 자세로 앉자 연군풍이 두 여자 사이로 비집고 들어와 무릎을 꿇고 살포시 앉아 두 팔로 화운룡의 목을 안았다.

"여보, 됐나요?"

그녀는 조금 전까지만 해도 내가 도대체 누구냐면서 안절부절못하더니 지금은 언제 그랬냐는 듯이 옥봉과 자봉을 제쳐두고 자기가 정면에서 천연덕스럽게 화운룡을 차지하고 앉았다.

옥봉과 자봉은 눈빛을 교환했다.

'이런 꼴 안 보려면 반드시 원상회복시켜야만 해. 암!'

약 일각의 시간이 흐르고 역심지공이 끝나자 화운룡은 두 팔에서 진기를 거두며 회심의 미소를 지었다.

'이제 됐다.'

세 여자는 처음의 자세 그대로 눈을 꼭 감고 움직이지 않은 채 가만히 있고, 화운룡은 조심스럽게 세 여자의 얼굴을 하나씩 살펴보았다.

눈을 감고 있는 그녀들의 모습은 하나같이 절색의 미모를 지녔다는 것 말고는 달리 겉으로 드러난 변화가 없었다.

그러나 화운룡은 한 가지 사실만으로 역심지공이 성공했다는 것을 확신했다.

왜냐하면 세 여자가 지금 무슨 생각을 하고 있는지 전혀 알 수가 없기 때문이다.

즉, 그것은 이제 더 이상 서로의 생각을 공유하지 않고 있다는 것이다.

"휴우… 이제 됐군."

화운룡이 안도의 한숨을 토해내자 앞에 앉은 연군풍이 그와 눈이 마주치자 수줍은 듯 눈을 내리깔았다.

예전 연군풍이 어쨌는지는 모르지만 천방지축 운설의 모습은 절대로 아니다.

화운룡이 세 여자를 한꺼번에 안았던 두 팔을 풀었다.

"자, 이제 일어나자."

"네."

"네."

두 여자 자봉과 연군풍이 공손히 대답을 하는데 옥봉만 대답을 하지 않고 화운룡을 말끄러미 응시했다.

옥봉은 자봉과 연군풍에게 가볍게 고개를 숙이고는 새빨간 혀로 입술을 핥았다.

"주모와 공주께선 먼저 나가세요. 저는 주군과 좀 더 단둘이 있고 싶어요."

"주군?"

옥봉은 화운룡을 절대로 주군이라고 부르지 않는다.

화운룡이 의아한 표정을 짓는데 옥봉이 그에게 얼굴을 가까이 들이밀면서 입술을 뾰족하게 내밀었다.

"여보, 우리 여기에서 잠시 동안만이라도 둘이서 오붓하게 보내요. 네?"

화운룡은 맥이 탁 풀렸다.

'맙소사! 봉애한테 운설의 기억이 들어갔잖아⋯⋯!'

문제는 어떻게 해야 뒤바뀐 기억을 제자리로 돌려놓을 수 있는 것인지 방법을 모른다는 사실이다.

그래서 아까처럼 두 팔을 활짝 벌려서 세 여자를 한꺼번에 안고 똑같은 방법으로 역심지공을 전개했다.

그랬더니 이번에는 옥봉이 자봉이 되고 자봉이 연군풍이 됐으며 연군풍은 그대로 옥봉으로 변함이 없다.

그 후로도 화운룡은 역심지공을 세 번이나 더 시전해서야 겨우 세 여자의 기억을 제대로 바로잡을 수 있게 되었다.

한 시진이 넘도록 세 여자를 무릎에 앉히고 끙끙거리면서 진땀을 흘린 화운룡은 한 가지 참 교훈을 얻었다.

사람의 고유한 기억을 함부로 다루는 것은 아무쪼록 삼가야 된다는 사실이다.

화운룡은 새로운 사실을 하나 알게 되었다.

야말의 말에 의하면 천여황이 가루라에 타고 있던 주대영과 주화결에게 아무런 해코지를 하지 않고 금불산에서 가장 가까운 현에 내려주었다는 것이다.

천여황이 무슨 이유로 그랬는지 물었더니 야말은 어떤 이야기를 해주었다.

용황락에서 솟구쳐서 가루라에 탄 천여황은 극도로 격한 감정 상태였다고 한다.

그녀의 감정은 극과 극이며 극도의 기쁨과 극도의 분노가 그것이었다.

"그가 살아 있었어… 분명히 그였어… 아아… 하늘이시여!

감사합니다……!"

비 오듯이 눈물을 흘리면서 매우 기뻐하며 그 말을 수십 번도 더 뇌까렸다고 한다.

그러고는 좌호법 청룡천제와 천초후 등이 반역을 일으켜서 자신을 죽이려고 했다는 사실에 극도로 분노했다.

하지만 분노는 오래지 않아서 스러져 버렸다. 천여황의 '그 가 살아 있다'는 너무도 커다란 기쁨에 청룡천제의 반역이 흔 적도 없이 파묻혀 버린 것이다.

이후 그녀는 조금도 화를 내지 않고 계속 눈물을 흘리면서 연군풍과 백룡천제를 붙잡고 '그가 살아 있다'는 말만 되풀이 했다는 것이다.

이후 그녀는 한쪽에 웅크리고 있는 주대영과 주화결을 발 견하고 그들이 누구냐고 물었다.

천외신계 천여황을 코앞에서 대면하게 된 주대영과 주화결 은 사시나무 떨 듯이 몸을 떨면서 자신들이 누구며 이곳에 왜 왔는지를 이실직고 털어놓았다.

털어놓을 수밖에 없다. 천하의 어느 누구라도 천여황이라 는 엄청난 존재 앞에 서면 간이 오그라들고 혼백이 달아나서 제정신이 아닐 테니까 말이다.

그런데 주대영, 주화결의 설명을 듣고 난 천여황이 크게 반가워하더니, 곧 싸움이 벌어질 테니까 위험하다면서 두 사람을 가까운 현 외곽에 내려주었다는 것이다.

그리고 주대영과 주화결에게 의미 있는 말을 남겼다고 한다.

"그와 터럭만큼이라도 좋은 인연을 맺고 있는 사람이라면 내 친구다."

그러고 나서 천여황 일행은 반역 세력과 대대적인 싸움을 벌였다. 천여황이 부상을 입고 도주할 정도로 그 싸움은 격렬했는데 만약 주대영과 주화결이 같이 있었다면 죽음을 면하지 못했을 것이다.

＊　　　　＊　　　　＊

옥봉은 의아한 표정을 지으며 고개를 갸웃거렸다.

"천여황이 말한 '그'가 대체 누굴까요?"

"으… 응?"

화운룡은 골똘한 생각에 잠겨 있다가 움찔했다.

"뭐라고 했어?"

옥봉은 방긋 미소 지었다.

"천여황의 '그'가 누구냐고요."

"그걸 내가 어떻게 알아?"

화운룡이 자신도 모르게 발끈했지만 옥봉은 외려 미소가 조금 더 짙어졌다.

"그러니까 그가 누굴까 같이 생각해 보자는 거죠."

"아… 그런 말이었어?"

화운룡은 천여황이 말한 '그'가 자신이라는 사실을 누구보다 잘 알고 있다.

그는 옥봉에게는 감추거나 비밀로 하는 것이 하나도 없지만 천여황에 대한 것은 말할 수가 없었다.

말할 기회를 놓쳤다. 아니, 사실 그것은 변명이다. 말할 기회라는 것은 없다.

지금 이 자리에서라도 천여황에 대해서 털어놓는다면 지금이 바로 말할 기회인 것이다.

그런데도 그는 말하지 못하고 있다. 천여황하고의 그 일이 단지 술에 만취해서 벌어진 실수였다고 말하면 옥봉이 이해하지 못할 일이 아닐 텐데도 말이다.

아니, 옥봉이 그 일을 이해하지 못한다손 쳐도 최소한 용서는 해줄 터이다.

'내가 이다지도 못난 놈이었다는 말인가?'

화운룡은 자신에게도 비겁함이나 치졸함 같은 것이 있었다는 사실을 처음 알았다.

그러나 사실 그는 옥봉이 마음에 상처를 입게 될까 봐 그것을 두려워하고 있는 것이다.

옥봉이 방긋 웃으며 화운룡의 팔을 두 팔로 꼭 안았다.

"하긴 용공이 그걸 알 리가 없겠죠."

화운룡 일행은 주대영과 주화결이 있다는 음봉현(蔭峰縣)에 도착했다.

주대영과 주화결을 찾는 일은 어렵지 않았다. 음봉현도 해룡상단의 상권이 지배를 하고 있기 때문에 이곳에서 가장 큰 주루를 찾아가서 두 사람의 행방을 묻기만 하면 된다.

해룡상단 휘하의 용화각(容華閣)이라는 주루 이 층 객방에 화운룡과 옥봉, 자봉, 연군풍이 탁자에 둘러앉아 있다.

야말과 굴락은 다른 객방에서 휴식을 취하라고 했다.

"들어가겠습니다."

문 밖에서 주대영의 목소리가 들리자 화운룡 등은 일제히 우르르 일어섰다.

문이 열리고 주대영과 주화결, 그리고 이곳 용화각의 각주가 안으로 들어섰다.

주대영과 주화결의 시선이 재빨리 실내를 훑는데 한순간 두 사람의 시선이 옥봉에게 멈추더니 만면에 환한 기쁨이 가득 피어났다.

화운룡은 소란스러워질 것 같아서 무형지기를 발출하여 실내 전체를 봉쇄했다.

"봉아!"

"오라버니!"

주대영과 주화결, 옥봉은 목청껏 서로를 부르면서 달려들어 부둥켜안았다.

자봉도 와락 울음을 터뜨리며 주대영과 주화결에게 안겼다.

"봉령도 있었구나! 정말 다행이다!"

용화각주는 난데없이 벌어진 일에 화들짝 놀라서 급히 문을 닫고 우두커니 서서 그 광경을 지켜보았다.

한쪽에 서 있는 연군풍은 담담한 미소를 지으면서 그들을 바라보았다.

화운룡이 연군풍에게 천황이제자이면서 동시에 화운룡의 측근이라는 사실을 뭉뚱그려서 주입해 준 덕분에 그녀는 더 이상 정체성에 혼란을 겪지 않았다.

한바탕 남매들의 상봉을 끝낸 주대영과 주화결이 화운룡에게 공손히 허리를 굽혔다.

"주군을 뵈옵니다."

"앉읍시다."

화운룡이 두 사람을 일으키자 모두들 자리에 앉았다.

용화각주는 크게 놀라면서도 어리둥절한 얼굴로 서서 어쩔 줄을 몰랐다.

그는 어제 두 사람이 불쑥 용화각에 찾아와서 자신들이 해룡상단 북부총단주 주대영, 중부총단주 주화결이라고 밝히는 바람에 그 자리에서 엉덩방아를 찧을 정도로 혼비백산했었다.

북부총단주와 중부총단주는 거대한 해룡상단 내에서 다섯 손가락 안에 꼽히는 쟁쟁한 실력자인데, 그런 인물이 변방이라고 해도 이상할 것 없는 이런 산골짜기에 두 명이나 나타났기 때문이다.

용화각주라는 신분은 해룡상단에서 서열을 꼽을 수 없을 정도로 밑바닥이다.

굳이 꼽자면 음봉현이 속해 있는 사천 지역 내에서 삼백 위권 밖에 간신히 걸치는 수준이다.

그런데 조금 전에 북부총단주와 중부총단주가 화운룡에게 예를 취하면서 '주군'이라고 호칭했다. 도대체 저 두 사람이 '주군'이라고 부르는 인물이 누구인지 용화각주는 두뇌를 최대한 분주하게 굴렸다.

'설마……'

용화각주의 다리가 저절로 꺾이더니 바닥에 무릎을 꿇었다.

"아아… 설마 총단주이십니까……?"

주화결이 용화각주에게 조용한 목소리로 말했다.

"물러가서 함구하라."

용화각주가 부들부들 떨면서 일어나 나가려고 하자 화운룡이 그에게 한마디 했다.

"애썼네."

"앗! 가… 감사합니다……."

용화각주는 펄썩 엎어져서 큰절을 올리고는 비틀거리면서 방을 나갔다.

'아아… 이게 꿈인가 생시인가… 총단주 비룡공자께서 이런 곳에 왕림하시다니…….'

천하제일상단인 해룡상단의 총단주가 직접 왕림하여 산골짜기의 한낱 주루 담당자에게 치하를 하다니 그는 죽을 때까지 오늘의 감격을 잊지 못할 터이다.

"두 분 형님은 중원으로 돌아가십시오."

식사를 하면서 화운룡이 조용한 목소리로 주대영과 주화결에게 종용했다.

두 사람은 의아한 표정을 지었다.

"주군께선 가지 않으십니까?"

"나는 천여황을 죽이고 나서 돌아가겠습니다."

"천여황을……."

두 사람은 크게 놀라서 다음 말을 잇지 못했다.

화운룡은 차분하게 말했다.

"천여황은 본 문을 괴멸시켰습니다. 나는 그것을 절대로 용서할 수 없습니다."

천외신계는 중원, 아니, 천하를 제패하는 과정에 많은 피를 흘렸지만, 결과적으로 대명제국보다 훨씬 더 태평성대로 천하를 이끌어 나가고 있다.

그러니까 천여황이나 천외신계에 개인적으로 원한이 있는 사람이나 방파, 문파들이 있을 수 있겠지만 그것은 그들 각자가 해결할 일이다.

그때 잠자코 있던 연군풍이 조심스럽게 말문을 열었다.

"주군, 사부님을 죽여서는 안 됩니다."

"그게 무슨 말이냐?"

연군풍은 여전히 이중 신분이다. 자신이 천황이제자이면서 동시에 화운룡의 최측근 중 한 명이라고 믿는다.

"사부님께서 천하제패를 하실 때 가장 강조하신 말씀이 피아간에 최대한 살상을 줄이라는 것이었습니다."

다들 조용히 연군풍의 말을 들었다.

"사부님의 뜻은 천하를 제패하되 사람들의 희생을 최소화하는 것이었습니다."

그것에 대해서는 모두 인정하고 있다. 천외신계는 마구잡이

식이 아니라 천하의 굵직한 것들만을 정확하게 공격하여 장악했으며, 그 과정에서도 희생을 줄이려고 애썼다는 소문이 돌았다.

"지금처럼 천하가 평화롭게 유지되려면 사부님께서 건재해 계셔야만 해요. 주군이든 좌호법이든 어느 누구라도 사부님을 죽이면 그때부터 천하는 피바람이 불기 시작할 거예요. 제 말은 협박이 아니라 진실입니다."

연군풍은 침착함을 유지했다.

"만에 하나 좌호법이 사부님을 죽이고 천신국의 권력을 잡는다면 그때부터 천하의 무고한 수백만 명이 죽고 말 것입니다. 좌호법은 천하를 깨끗하게 쓸어버리고 거기에 새로운 제국을 세우는 것이 목적이니까요."

주대영이 진지한 얼굴로 말했다.

"당금 천하가 그 어느 때보다도 태평성대를 구가하고 있는 것은 사실입니다."

화운룡은 고개를 끄떡였다.

"나도 알고 있습니다."

자봉이 몹시 궁금하면서도 이해할 수 없다는 표정으로 고개를 갸웃거렸다.

"지금 무슨 말씀을 하시는지 알아듣지 못하겠어요. 천여황이 천하제패를 한 것이 잘했다는 뜻인가요?"

그 점에 대해서는 옥봉도 궁금하긴 마찬가지다. 그녀와 자봉은 동천국에 노예로 끌려왔다가 다시 강령혈대로 끌려갔었기 때문에 중원이나 천하의 정세에 대해서는 아무것도 모르고 있었다.

"그건 내가 설명해 주마."

주화결이 고개를 끄떡였다.

"그렇군요."

"그런 일이 있었군요."

설명을 모두 듣고 난 옥봉과 자봉은 진지한 표정을 지었다.

그렇지만 그녀들은 화운룡에게 아무 말도 하지 않았다. 자신들의 의견 같은 것은 없다. 화운룡이 어떤 결정을 내리든 거기에 따를 뿐이다.

그녀들이 생각이 없어서가 아니라 화운룡이 내리는 결정, 그 이상의 결정이 없을 것이기 때문이다.

그때 문 밖에서 조용한 목소리가 들렸다.

"주군, 누가 찾아왔습니다."

"들여보내라."

화운룡은 아까 잠시 헤어졌던 부상인자 공이 왔을 것이라고 짐작했다.

음봉현에 도착해서 그에게 소공녀를 찾으라고 지시했다. 공은 잠혼백령술에 제압됐기 때문에 딴짓을 하지 못한다.

문이 열리고 예상대로 공이 들어와서 공손히 보고했다.

"소공녀님을 찾았습니다."

공은 부상인자들끼리만 통하는 암호를 이용해서 부상인자 본진과 연락이 닿은 것이다.

화운룡은 자리에서 일어나 주대영과 주화결에게 말했다.

"말씀드린 대로 두 분 형님은 중원으로 돌아가십시오."

주대영과 주화결은 옥봉과 자봉을 쳐다보았다. 말은 하지 않지만 그녀들과 같이 가고 싶은 듯한 표정이다.

화운룡이 설명해 주었다.

"봉애와 봉령은 나를 도와줄 겁니다."

주대영이 의아한 얼굴로 물었다.

"그녀들이 무엇으로 주군을 돕습니까?"

주대영과 주화결은 현재 옥봉과 자봉이 어떻게 변하고 얼마나 고강해졌는지 전혀 모르고 있다.

"혹시 강령혈대였을 때의 무공이 아직도 그대로 남아 있는 것입니까?"

자봉이 생긋 미소 지었다.

"그것보다 훨씬 고강해요."

"얼마나 고강하다는 거지?"

"저는 이대로 선 채 가만히 있을 테니까 두 분이 절 공격해서 쓰러뜨려 보세요."

그녀는 십구 세 소녀로서는 절대로 지니지 못할 오백 년이라는 어마어마한 공력을 지니고 있다.

그래서 그 나이 또래의 소녀들이 다 그러하듯이 그걸 자랑하고 싶어서 안달이 났다.

주대영과 주화결은 어이없는 표정을 지었다.

"우리는 주군께서 생사현관을 타통해 주셨다. 봉령, 너는 섣불리 까불다가 큰코다친다."

"봉령아, 형님 말씀이 맞다. 우린 예전의 우리가 아니야."

자봉은 여유만만하게 미소 지었다.

"공격하지 않으면 제가 하겠어요."

그녀는 자신이 얼마나 고강해졌는지 두 사람에게 꼭 보여주고 싶었다.

주대영과 주화결은 고개를 끄떡였다.

"그래라. 네가 공격하는 게 낫겠다."

"조심하세요."

주대영과 주화결은 자봉이 저러는 것이 뭔가 믿는 구석이 있기 때문이라고 짐작하여 방심하지 않고 공력을 끌어 올려 만반의 준비를 했다.

*   *   *

그때 자봉이 오른손 중지 하나를 세웠다.

"소녀는 이 손가락 하나로 두 분을 제압하겠어요."

"봉령아, 너 정말 우리를……."

모욕이라고 생각한 주화결이 발끈해서 말하고 있는 중에 자봉이 세우고 있던 오른손 중지를 앞으로 뻗었다.

츠으읏!

순간 흐릿한 백색의 줄기가 두 사람을 향해 일직선으로 빛처럼 빠르게 쏘아갔다.

주대영과 주화결이 흠칫 놀라서 피하려고 할 때 백색 줄기가 여섯 줄기로 갈라지는가 싶더니 두 사람의 상체와 목덜미에 가볍게 적중됐다.

파파팟…….

"허엇!"

"앗!"

두 사람은 목덜미와 양쪽 어깨가 뜨끔하더니 몸이 뻣뻣해진 것을 느끼고 크게 놀랐다. 그들이 어떻게 해볼 새도 없이 마혈이 제압된 것이다.

그들은 설마 자봉이 손가락 하나로 지풍을 발출하여 자신들을 제압할 것이라고는 예상하지 못했었기에 크게 놀라면서도 착잡한 표정을 지었다.

더구나 두 사람은 화운룡이 생사현관을 타통해 주어서 공력이 백오십 년 수준이 됐는데도 불구하고 자봉의 손가락 하나에 꼼짝도 하지 못하고 당했으니 기가 막힐 노릇이다.

자봉은 슬쩍 손을 흔들어서 무형지기를 발출하여 두 사람의 제압된 마혈을 풀어주면서 턱을 약간 쳐들고 어깨를 흔들며 웃었다.

"호호호홋! 이제 저와 봉아가 어째서 용공에게 필요한 존재인지 아셨죠?"

소공녀 항아(姮娥)는 사천성 남부 지방에서 가장 번화한 배율현(倍率縣)의 객점에 묵고 있었다.

그녀가 묵고 있는 금명루(琴銘樓)는 해룡상단 사천성 남쪽 지방을 관할하는 사천남부지단의 본부다.

공의 말에 의하면 소공녀 항아는 일일이 천여황을 추격하지 않고 금명루에서 부상인자 전체를 지휘하고 있다고 한다.

금명루는 사 층 건물인데 부상인자들이 삼 층 전체를 사용하고 있는 중이다.

화운룡은 금명루 일 층 일반 손님들을 받는 주루에 옥봉과 자봉, 연군풍, 야말, 굴락을 놔두고 부상인자 공 한 명만 데리고서 계단으로 향했다.

"조심하세요."

옥봉의 말에 화운룡은 그녀를 돌아보며 부드러운 미소를 지어 보였다.

그가 계단으로 걸어가자 금명루주가 조심스럽게 앞장섰다.

화운룡이 이곳 배율현으로 출발한 직후에 음봉현의 용화각주가 금명루주에게 전서구를 보내서 화운룡이 가고 있다는 사실을 알렸다.

금명루주는 화운룡의 존재를 혼자만 알고 있으면서 지근거리에서 그를 직접 모셨다.

금명루주가 화운룡을 황송한 듯 뒤돌아보면서 조용한 목소리로 설명을 했다.

"삼 층에는 모두 육십여 명이 머물고 있는데 입구를 지키는 몇 명을 제외하고는 거의 움직이지 않고 있습니다."

화운룡은 자신과 금명루주 주위에 무형막을 쳐서 소리가 새나가지 않도록 했다.

이 층에서 삼 층으로 뻗은 계단 아래에는 아무도 없다. 그러나 계단 위에 두 명이 지키고 있는 것이 보였다. 중원의 경장을 입은 모습이지만 어깨에 메고 있는 칼은 분명히 부상무사(侍: 사무라이)라고 부르는 자들의 무기다.

"여기에 있게."

화운룡은 금명루주에게 지시하고 공을 앞세워 계단을 천천히 올라갔다.

"멈춰라."

화운룡이 계단 두 개를 밟았을 때 계단 위의 부상무사가 조금 어색한 한어로 경고했다.

공이 멈춰서 계단 위에 대고 부상어로 말했다.

"제십구환조(第十九幻組) 아오이소라(靑空)입니다."

"뒤에 있는 자는 누구냐?"

"소공녀님을 만나러 오셨습니다."

"누군지 말하면 소공녀님께 전하겠다."

화운룡은 자신의 신분을 밝혀봤자 소공녀 항아가 알 턱이 없으므로 지금으로선 그냥 돌진해서 뚫고 들어가는 수밖에 없다고 판단했다.

저벅저벅…….

화운룡은 공의 팔을 잡아 뒤로 가도록 하고 앞서 계단을 성큼성큼 올라갔다.

스릉…….

두 명의 부상무사는 어깨의 칼을 뽑으며 냉엄한 표정으로 경고했다.

"정체와 목적을 밝히지 않고 올라오면 베겠다."

그들의 경고가 화운룡의 걸음을 멈추게 하지는 못했다.

부상무사들은 화운룡이 계단 꼭대기에 올라설 때까지 기

다리고 있었다.

중원의 검법은 발검을 하는 것과 동시에 공격을 전개하는 것이 보통인데 부상무사들은 칼을 두 손으로 잡고 머리 위로 치켜들거나 오른쪽 수평으로 뻗은 자세에서 상대를 기다리고 있다는 것이 다르다.

척!

화운룡이 일부러 발소리를 내면서 계단 꼭대기에 오르는 순간 부상무사들의 공격이 개시됐다.

쉬익! 사아악!

부상무사들의 강점은 칼의 빠르기 즉, 쾌도다. 쾌속함이 중원 무림의 쾌검하고는 차원이 다르다.

중원 무림의 쾌검은 공력이 실려 있는 탓에 검이 공기를 가르느라 파공음이 크게 나는 데다 베어오는 검보다 먼저 밀려오는 공기의 저항을 느낄 수가 있다.

즉, 훌륭한 경공을 지닌 절정고수라면 밀려오는 공기의 저항에 떠밀려서 간단하게 피할 수도 있다는 의미다.

그런데 부상무사의 쾌도는 공력이 실려 있지 않았다. 그들은 공력이란 자체가 없다.

무공에는 내공무술과 외공무술이 있는데 이들의 도법은 체력과 혹독한 훈련을 바탕으로 한 외공도법인 것이다.

그렇기 때문에 칼이 묵직하지도 않고 공기의 저항을 받지도 않는다.

부상국에서는 칼이 얼마나 공기저항을 받지 않고 파공음을
내지 않으면서 쾌속할 수 있는가가 고수와 하수를 나누는 기
준이라고 한다.

'이놈들의 칼은 여전히 빠르군.'

예전 즉, 미래에도 경험했지만 부상무사나 부상인자들의 도
법은 중원 무림하고 크게 달라서 수백 번을 겨루어봐도 도대
체 익숙해지지가 않는다.

어쨌거나 아무리 그렇다고 해도 이들이 화운룡의 무형막을
뚫지는 못한다.

쩌엉! 째앵!

"우웃!"

"흑……!"

화운룡의 머리를 세로로 쪼개고 목을 베어오던 두 자루 칼
이 그의 몸 한 자 거리에서 보이지 않는 무형막에 부딪쳐서 퉁
겨지며 맥없이 부러져 나갔다.

소공녀를 보호하는 세 종류의 무사 중에 가장 약한 호위대
(護衛隊)인 이들 호위사(護衛士)는 중원 무림의 일류고수 상급
에 해당하는 수준이다.

이들이 공력은 없지만 수면에 비친 보름달을 가르는 월인류
(月刃流) 도법은 중원 무림의 일류고수 상급이라고 해도 감당

할 만한 자가 그리 많지 않을 터이다.

"으으……."

두 명의 호위사는 손아귀가 찢어져서 피를 흘렸고, 칼이 무형막에 부딪치면서 받은 반탄력 때문에 기혈이 격탕되어 쓰러질 듯이 비틀거렸다.

화운룡은 청력을 돋우어서 자신이 익히 잘 알고 있는 소공녀의 숨소리와 맥박, 심장박동을 어렵지 않게 찾아내어 그쪽으로 거침없이 걸어갔다.

삼 층은 두 갈래의 복도와 왼쪽 한 갈래의 낭하가 있었다. 화운룡은 낭하 쪽으로 걸어가고 있으며 공이 두 걸음 뒤에서 따르고 있다.

낭하 쪽에는 두 줄로 탁자 여섯 개가 길게 놓여 있으며 그곳에서 이십여 명의 부상무사들이 꼿꼿한 자세로 식사를 하고 있다가 걸어오는 화운룡을 발견하고 일제히 일어나더니 칼을 뽑으며 다가들었다.

쉬잇! 쉬이이!

쩌쩡! 째애앵! 카앙!

"흐웃……."

"허윽!"

그렇지만 부상무사들은 공격하는 족족 화운룡의 무형막에 부딪쳐서 칼이 부러져서 날아가고 손아귀가 찢어지며 비틀비틀 물러났다.

난간 밖 허공으로 날아가는 부상무사가 세 명 있는데 화운룡이 그들을 향해 슬쩍 손을 뻗었다가 잡아당기자 난간 안으로 날아와 바닥에 사뿐히 내려졌다.

화운룡이 아니었다면 그들은 난간 아래 이 층 손님들의 탁자 위로 떨어져서 난장판이 됐을 것이다.

화운룡은 탁자 위에서 젓가락 하나를 집어 들었다. 부상무사들이 칼이 부러지고 손아귀가 찢어져서 피를 철철 흘리면서도 부러진 칼을 쥔 채 물러나지 않고 계속 공격했기 때문에 잠시 혼을 내주려는 생각에서다.

지풍을 발출하여 혈도를 제압할 수도 있지만 그렇게 하면 부상무사들이 크게 다친다.

부상무사들은 공력이 없는 탓에 화운룡이 제아무리 약한 공력을 주입하여 지풍을 발출해도 거기에 맞으면 깊은 상처를 입고 말 것이다.

지풍이라는 것은 공력을 싣지 않으면 아예 발출할 수가 없으니까 젓가락으로 직접 대응하려는 것이다.

화운룡은 걸음을 조금 빠르게 하여 전진하면서 젓가락으로 공격해 오는 부상무사들의 칼을 때렸다.

따따땅! 땅! 땅!

"크흑……."

"으윽……."

부상무사들의 공격은 단 하나도 겹치는 것 없이 각기 다른 방향 다른 수법으로 찌르거나 베어오는 광경이 마치 소나기가 쏟아지는 것 같았다.

그런데 화운룡은 그 사이를 유유히 전진하면서 젓가락으로 정확하게 그들의 칼만 때린 것이다.

젓가락에 칼을 맞은 부상무사들은 하나같이 칼을 떨어뜨리면서 칼을 쥐고 있던 팔을 축 늘어뜨렸다. 팔이 마비가 된 데다 천근만근 무거워져서 들고 있을 수가 없었다.

화운룡은 소공녀를 보호하는 세 종류의 무사 중에 가장 약한 호위대와 두 번째 시위대(侍衛隊) 등 오십여 명을 거꾸러뜨렸지만 소공녀는 나타나지 않았다.

이런 것이 중원과 부상의 차이점이다. 중원 무림에서는 낯선 인물이 찾아와서 수하 몇 명을 거꾸러뜨리기만 하면 우두머리가 즉시 나타나는 법이다.

그렇지만 부상국의 우두머리는 수하들이 다 쓰러져도 앉은 자리에서 꼼짝도 하지 않는다. 그래서 직접 우두머리 앞까지 가야만 만날 수가 있다.

그것은 비단 소공녀만 그런 것이 아니라 부상인이라면 모두 그렇다.

그러니까 화운룡은 소공녀를 보호하는 세 종류의 무사들

중에서 가장 고강한 열 명 흑풍대(黑風隊)의 흑풍사(黑風士)들까지 쓰러뜨려야 한다.

척!

잠시 후 화운룡은 여덟 명의 흑풍사마저 다 팔을 못 쓰게 만들어놓고 소공녀가 있는 방의 문을 열고 들어섰다.

정면 창 쪽 커다란 의자에 한 명의 가냘픈 체구의 소녀가 꼿꼿한 자세로 앉아 있고 좌우에는 흑의경장을 입은 두 사내가 호위하듯 서 있었다.

화운룡은 두 사내가 누군지 잘 알고 있다. 왼쪽 사내는 부상무사들의 우두머리인 산하(山下)이고 오른쪽 사내는 부상인 자들의 우두머리인 뇌우(雷雨)다.

산하는 사십오 세고 뇌우는 사십삼 세로 소공녀가 태어나기 전부터 그 가문의 가신(家臣)이었다.

화운룡은 이 방 안에 있는 세 사람을 다 알고 있지만 이들은 화운룡을 전혀 모른다.

그저 부상무사들을 모조리 쓰러뜨리고 여기까지 온 낯선 이방인일 뿐이다.

소공녀 항아와 산하, 뇌우는 칼날처럼 날카로운 표정으로 경계하며 화운룡을 주시했다.

하지만 화운룡은 세 사람을 보니 반가움이 앞섰다.

소공녀 항아는 이제 겨우 십칠 세다. 가녀린 체구에 하얀 얼굴, 귀밑머리를 길게 늘어뜨리고 꽃무늬 상의와 긴 치마를 입은 부상소녀는 수선화처럼 청초했다.

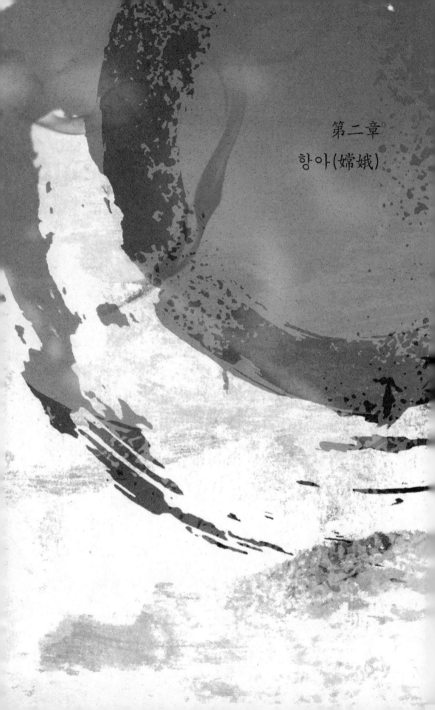

第二章

항아(嫦娥)

화운룡 뒤에 공이 따라 들어와서 그의 옆에 섰다. 화운룡이 지시하지 않았지만 잠혼백령술에 제압된 상태라서 그저 따라 들어온 것이다.

소공녀 항아는 공의 얼굴을 모르지만 흑풍대주인 산하와 뇌우는 그를 알고 있기에 어떻게 된 일인지 몰라서 공을 보며 눈을 부라렸다.

화운룡은 항아를 보며 측은한 표정을 지었다.

"반갑구나. 치비히메(姬) 쨩."

소공녀 항아는 깜짝 놀라서 커다란 눈을 더욱 크게 뜨고,

산하, 뇌우는 움찔 가볍게 몸을 떨며 놀랐다.

"너……."

항아는 눈을 부릅뜨고 화운룡을 손가락질했다.

'치비'라는 것은 부상어로 꼬마나 귀염둥이라는 뜻이며 히메(姬)는 공주나 귀인의 딸 같은 고귀한 여자를, 그리고 '쨩'은 아이들에게 붙이는 호칭이다.

그러니까 치비히메 쨩이라고 하면 '귀염둥이 꼬마 공주'라는 뜻이다.

항아와 산하, 뇌우가 놀란 이유는 '치비히메 쨩'이라는 것은 항아가 어렸을 때 집안의 어른들이 그녀를 귀여워해서 부르던 호칭이기 때문이다.

특히 지체 높은 항아를 '치비히메 쨩'이라고 부를 수 있었던 사람은 그녀의 부모와 조부모뿐이어서 이곳에 있는 세 사람을 더욱 놀라게 했다.

그뿐만 아니라 화운룡의 부상어는 매우 능숙해서 이들 세 사람을 놀라게 했다.

산하가 화운룡을 똑바로 주시하며 부상어로 말했다.

"귀하는 누군가?"

예의를 갖춘 말투다.

화운룡은 빙그레 온화한 미소를 지었다.

"너희들이 중원에 온 것이 이때쯤이었구나."

산하의 얼굴에 의아함이 떠올랐다.

"우리를 아는가?"

화운룡은 고개를 끄떡였다.

"알지."

"무엇을 안다는 것인가?"

대답 대신 화운룡은 항아에게 천천히 걸어갔다.

산하와 뇌우는 화운룡더러 가까이 다가오지 말라는 경고 따윈 하지 않고 즉각 행동으로 보여주었다.

차앙!

산하는 걸어오고 있는 불과 일 장 거리의 화운룡에게 어깨의 쌍칼을 이도류(二刀流)라고 부르는 부상국 최고의 도법으로 베어갔다.

휘이잉!

그리고 뇌우는 언제 꺼냈는지, 아니면 원래부터 손에 쥐고 있었는지 가느다란 쇠사슬을 화운룡에게 쏘아내는데 구불거리면서도 쏘아낸 화살보다 빨랐다.

은회색의 쇠사슬 끝, 그리고 중간 여러 군데에 날카로운 반월형의 칼날이 부착되어서 거기에 스치면 무엇이든 뎅겅 잘릴 것 같았다.

그러나 화운룡은 걸음을 멈추지 않았으며 아무런 동작도 취하지 않았다.

따땅! 째앵!

"우웃!"

"흐윽!"

쌍칼과 쇠사슬이 화운룡 한 자 밖의 무형막을 때리는 것과
동시에 강한 반탄력이 산하와 뇌우의 팔과 상체를 일시적으
로 마비시켰다.

꺼껑!

그리고 다음 순간 항아의 두 걸음 앞까지 다가가고 있는 화
운룡의 목과 심장 부위 한 뼘 앞에 두 자루 칼이 부딪치며 둔
탁한 음향을 발했다.

항아는 그녀가 중원으로 이끌고 온 만오천 명의 부상무사
와 부상인자들 중에서 가장 고강하다.

부상국에서 최초로 막부라는 막강한 집단을 만들어서 왕
을 뒷전으로 물러나게 하고 무사정권의 새로운 세계를 연 미
나토모노(源) 가문은 부상국 최강의 무사 가문이었다.

항아는 철이 들기 전인 세 살 때부터 미나토모노 가문의
정통 도법은 물론이고 여러 방면에서 초빙한 뛰어난 스승들로
부터 각종 무술들을 사사했다.

그래서 그녀는 십오 세라는 어린 나이에 미나토모노 가문
에서 최고의 고수가 되는 기염을 토했다.

그녀는 집안의 몇몇 어른들에게 '치비 쨩'이라는 귀여운 애

칭으로 불렸지만 대외적으로는 '전설의 소녀 무사'라는 별호를 얻기도 했었다.

항아가 천여황과의 싸움에서 연군풍의 심장에 칼을 꽂은 것만 봐도 그녀가 얼마나 고강한지 짐작할 수 있다. 최소한 연군풍보다는 한 수 위라는 뜻이다.

그런데 지금 항아의 쌍칼은 화운룡의 목과 심장 부위 한 뼘 앞에서 멈춰 있다.

힘껏 찌른 쌍칼이 철벽보다 강한 무형막에 부딪치자 항아는 손아귀가 찢어지는 고통을 느끼면서 일시적으로 양팔이 찌르르 마비됐다.

"아……"

항아의 얼굴 가득 놀라움이 떠올랐다. 두 걸음 밖에 안 되는 짧은 거리에서의 회심의 일도를 화운룡이 막아낼 것이라고는 예상하지 못했기 때문이다.

또한 그녀의 공격은 호신막 따위 가차 없이 뚫어버리는 위력을 지니고 있는데도 말이다.

그래서 항아는 화운룡이 펼친 것이 호신막이 아니라 호신강기일 것이라고 생각했다.

"호신강기야?"

옥으로 만든 잔끼리 부딪쳤을 때 같은 짤랑짤랑한 목소리로 항아가 화운룡을 말끄러미 바라보며 물었다. 그녀는 필경 매우 놀랐으면서도 표정은 담담했다.

화운룡은 부드럽게 미소 지으면서 한 걸음 다가가 항아의 머리를 쓰다듬었다.

"그래."

그 광경을 보고 산하와 뇌우가 비틀거리면서 쩌렁한 외침을 터뜨렸다.

"네 이놈!"

"손을 떼라!"

항아가 두 사람을 쳐다보지도 않고 나직하게 말했다.

"입 다물어라."

그러더니 화운룡을 바라보면서 일반 부상무사의 도보다 두 뼘쯤 짧은 쌍칼을 어깨의 도실에 꽂았다.

"너, 나를 아는 것이냐?"

"잘 알지."

"어떻게 아는 거지?"

"우린 삼십 년 후에 만나게 될 게야."

항아가 흑백이 또렷한 커다란 눈을 깜빡거렸다.

"삼십 년 후에?"

"그래. 네가 사십칠 세 때다."

산하와 뇌우는 낯선 자가 말도 안 되는 헛소리로 항아를 꾀려한다고 생각했으나 그녀가 입을 다물라고 명령했기에 나서지 못했다.

항아는 비록 나이가 어리지만 몰락한 가마쿠라 막부라는 거대한 조직을 한 점의 무리 없이 이끌고 있을 정도의 선천적으로 타고난 귀재다.

"너 누구야?"

항아의 얼굴에는 적개심이나 분노보다는 호기심이 짙게 떠올라 있다.

"화운룡이다."

항아는 고개를 갸웃거렸다.

"그런 이름 들어본 적 없어."

화운룡은 빙그레 미소 지으면서 또다시 항아의 머리를 가만히 쓰다듬었다.

"당연하지. 우린 삼십 년 후에 만날 테니까."

항아는 그가 머리를 쓰다듬는데도 화를 내거나 뿌리치지 않았다. 이상한 일이지만 그녀는 화운룡이 매우 친밀하다는 느낌을 받았다.

또한 항아는 화운룡에 대해서 아는 것이 하나도 없지만 한가지, 적이 아니라는 사실을 짐작할 수 있다.

화운룡은 삼 층 계단을 올라와서 여기까지 오는 동안 항아의 수하들을 한 명도 죽이지 않았다.

항아는 이 방에서 한 발자국도 밖에 나가지 않았지만 그런 사실을 다 알 수가 있었다.

또한 화운룡은 이 방에 들어와서도 산하와 뇌우를 그저 물리치기만 했으며 항아 자신도 마음만 먹으면 충분히 죽일 수 있는데도 그렇게 하지 않았다.

바보 천치가 아닌 이상 그것만 봐도 화운룡이 적이 아니라는 사실을 짐작할 수 있다.

즉, 화운룡은 어떤 볼일이 있어서 선의로 항아를 만나러 온 것이다.

그렇기는 한데 삼십 년 후 미래에 그녀와 화운룡이 만나게 될 것이라거나 그녀의 애칭을 알고 있다는 사실 때문에 그녀는 머리가 많이 혼란스러워졌다.

항아는 자신의 머리를 쓰다듬고 있는 화운룡의 손을 치우며 의자에 앉았다.

"그럼 나를 이해시켜 봐."

화운룡은 주위를 둘러보았다.

"히코(彦)와 아오메(淸目)는 어디에 있지?"

어린 나이에 비해서 매우 침착한 항아지만 이번에는 깜짝 놀라고 말았다.

히코는 그녀의 참모 겸 책사이며 아오메는 유모인 동시에 그녀의 그림자이기 때문이다.

"그들을 알아?"

"천여황에게 가 있는 것이냐?"

"그래."

웬만한 일로는 놀라지 않는 항아지만 지금은 계속해서 놀라고 있는 중이다. 그녀는 놀라움이 가시지 않은 얼굴로 대답하고는 다시 물었다.

"그들을 어떻게 알지?"

화운룡은 명랑하게 웃었다.

"하하하! 히코와 아오메도 삼십 년 후에 만났었지."

"삼십 년 후라고?"

"치메 쨩. 내게 한 번 안겨보겠니?"

"너……"

항아는 눈을 동그랗게 뜨고 의자에서 엉덩이를 뗐다. '치메 쨩'이라는 호칭은 '치비히메 쨩'을 줄인 말로 설사 그녀의 부모나 조부모라고 해도 그렇게 부르지 않았었다.

그렇지만 항아는 언젠가 자신이 진심으로 신뢰하고 또 사랑하는 남자가 생기면 그가 자신을 '치메 쨩'이라고 불러주면 좋겠다는 생각을 하고 있었다.

그런데 화운룡이 불쑥 '치메 쨩'이라고 불렀으니 놀라지 않을 재간이 없다.

'치메 쨩'이라는 것은 순전히 항아의 마음속에만 있는 생각이어서 설사 최측근이라고 해도 아무도 모른다.

그런데 그것을 화운룡이 알고 있다면 그녀가 말해주었을 때만 가능하다. 그리고 그 정도로 그가 그녀와 가까운 사이였다는 뜻이기도 하다.

항아는 아예 일어나서 화운룡을 뚫어지게 보면서 물었다.

"내 이름도 알아?"

"알지."

"말해봐."

"항아. 부상어로는 코오가라고 하지. 성까지 붙이면 미나토 모노 코오가."

"그리고 뭘 또 알지?"

화운룡은 뒷짐을 졌다.

"네 아버지는 왕족 쇼군인 모리쿠니 친왕이고 네 어머니는 호조(北條) 가문의 딸로 이름은 아키무네(秋宗). 무로마치 막부가 부흥하고 너희 가마쿠라 막부가 멸망하여 쇼군에서 물러난 네 아버지는 불가에 출가했다가 살해당하고 어머니 아키무네는 실종됐지."

"아……."

방금 화운룡이 말한 내용은 항아와 여기에 있는 산하, 뇌우, 그리고 참모이자 책사인 히코, 유모인 아오메만 알고 있는 극비 사항이다.

"도대체 그걸 어떻게……."

"어머니 보고 싶으냐?"

"……."

화운룡이 불쑥 말하자 항아는 눈을 크게 뜨고 조그맣고 빨간 입술을 반쯤 벌렸다.

"어머니께서 살아 계시는 거야?"

난생처음 만난 화운룡이 그걸 알 리가 없을 텐데도 항아는 그걸 그에게 묻고 있다. 그 정도로 어머니가 보고 싶기 때문이다.

"네 어머니는 구로다(黑田)가 자신의 고향인 시코쿠(四國)의 영지로 모시고 갔다. 그녀는 네가 죽은 줄 알고 매일 울면서 지내고 있다."

"구로다가……."

구로다는 항아의 어머니 아키무네의 호위무사다. 구로다가 어머니를 모시고 갔는지는 모르지만 화운룡의 말대로 구로다의 고향은 시코쿠다.

화운룡이 그것까지 알고 있다니 귀신이 곡할 노릇이다.

항아의 마음이 크게 흔들렸다.

화운룡은 검지로 항아의 이마를 살짝 찔렀다.

쿡…….

"치메 쨩. 나는 미래에서 왔다."

"……."

화운룡의 말은 열흘 삶은 호박에 이빨도 들어가지 않을 정도로 허무맹랑하다.

그렇지만 달리 생각해 보면 지금까지 그가 한 말들은 미래에서 오지 않고는 도저히 알 수 없는 내용이다.

항아는 총명한 눈을 깜빡거렸다.

"그걸 증명할 수 있는 거야? 네가 미래에서 왔다는 사실 말이야. 증명하면 믿을게."

화운룡은 힘으로 항아를 제압하여 심심상인을 시전해서 미래의 기억을 주입할 수도 있지만 될 수 있으면 그녀가 자발적으로 협조해 주기를 원하고 있다.

"그럼 치메 쨩 네가 나한테 안겨야 한다."

항아는 조금 전에 화운룡이 자신에게 안기라고 했던 말을 기억해 냈다.

"미래에서 왔다는 사실을 증명하라는데 어째서 나더러 너한테 안기라고 하는 거지?"

"그래야지만 증명할 수 있으니까. 나한테 있는 미래의 기억을 너에게 전해주려면 가슴과 가슴이 서로 맞닿아야 한다."

항아는 화운룡의 넓은 가슴과 자신의 불룩한 가슴을 번갈아서 쳐다보았다.

보통 사람이라면 이 상황에서 버럭 화를 내거나 어이없는 표정을 짓겠지만 항아는 다르다.

그녀는 화운룡이 강제로 자신을 안을 수도 있는데 그러지 않았다는 사실을 잘 알고 있다.

항아는 화운룡에게 한 걸음 다가섰다.

"나를 어떻게 안을 거지? 해봐."

그녀는 어떻게 해서든지 짙게 깔린 이 먹구름을 걷어버리고 싶었다.

＊　　　　＊　　　　＊

화운룡은 빙그레 미소 지으며 두 팔을 뻗어 항아의 양어깨에 얹었다.

슥…….

그의 손이 몸에 닿자 항아의 작고 여린 몸이 움찔 떨렸다. 그녀는 지금까지 한 번도 이런 경험을 겪어본 적이 없었기 때문에 긴장한 것이다.

한쪽에 서 있는 산하와 뇌우는 복잡한 표정인데 항아가 입을 다물라고 했기에 나서지 못하고 있다.

화운룡을 뒤따라왔던 공은 어느새 사라지고 없다.

슥!

"앗!"

화운룡이 갑자기 자신을 앞으로 끌어당겨서 가슴에 안자

항아는 깜짝 놀라 낮게 비명을 질렀다.

그녀는 반사적으로 품에서 빠져나오려고 잠시 버둥거렸으나 곧 현실을 직시하고 가만히 있었다.

사실 현재 화운룡의 능력은 항아의 손만 잡고서도 심심상인은 물론이고 심지공이나 그 어떤 것이라도 시전할 수 있는 경지에 올라 있다.

그러나 미래에서 과거로 와서 처음 만나는 십칠 세 풋풋한 항아를 눈앞에서 보니까 너무 반가워서 한번 안아보고 싶은 마음이 들었다.

삼십 년 후 사십칠 세의 항아는 모든 사람들에게 쌀쌀맞고 똑 부러지는 성격에 아름다운 기품을 지닌 성숙한 중년 여인이었으나 지금 같은 풋풋함은 없었다.

화운룡은 가슴에 안은 항아의 몸이 뻣뻣하게 굳고 심장이 빠르게 뛰는 것을 느끼고 조용한 목소리로 말했다.

"긴장하지 말고 몸에 힘을 빼라."

항아의 초승달 같은 눈썹이 상큼 떠졌다.

"어서 할 일이나 해."

입으로는 그렇게 쏘아붙였으나 항아는 심호흡을 하면서 긴장하지 않으려고 애를 썼고, 그 결과 잠시 후에는 뻣뻣했던 몸이 나긋나긋해졌다.

화운룡은 사십칠 세의 항아를 만나서 이십오 년 동안 함께 했던 기억을 그녀에게 전해주었다.

"아앗!"

화운룡의 기억이 가슴을 통해서 파도처럼 밀려들자 그의 품 안에서 항아가 바르르 여린 몸을 떨었다.

기억은 차츰차츰 조금씩 주입된 것이 아니라 한꺼번에 송두리째 전해졌다.

그래서 항아는 처음에 그것이 무엇인지 모르고 깜짝 놀라서 비명을 지른 것이다.

"아아……."

처음에는 그녀에게 한꺼번에 쏟아져 들어와서 소용돌이치던 기억들이 차츰차츰 머릿속과 가슴. 그리고 마음속에서 순서가 정해지며 수많은 사건들과 감정들이 서로 연결되어 켜켜이 계단을 이루었다.

화운룡의 품에 깊이 안긴 항아의 떨림이 점점 더 거세졌고 신음 소리가 계속 이어졌다.

"아아아……."

화운룡은 이미 심심상인을 끝냈지만 항아의 반응은 이제부터 시작이다.

화운룡은 심심상인이 끝난 항아를 의자에 앉히고 나서 한쪽에 서 있는 산하와 뇌우를 불렀다.

"너희 둘 가까이 와라."

그러나 산하와 뇌우는 갑자기 이상한 행동을 하고 있는 항아를 보면서 당황하고 놀라느라 제정신이 아니다.

두 사람은 지금까지 실내에서 벌어진 일들을 하나도 빼놓지 않고 다 보고 들었으나 그것을 이해하기는커녕 머릿속이 흙탕물처럼 뒤죽박죽이 된 상태다.

그때 의자에 앉아 있던 항아가 뾰족하게 소리쳤다.

"오빠가 하는 말 못 들었느냐?"

항아는 머릿속의 오만 가지 기억과 생각들이 정리되지 않았지만 한 가지는 분명하게 알게 되었다. 그녀가 화운룡을 오빠로 대했다는 사실이다.

산하와 뇌우가 급히 화운룡에게 가까이 가는 것을 보고 항아는 다시 정면의 한곳을 응시한 상태에서 머릿속에 가득한 기억들을 정리했다.

화운룡은 머뭇거리면서 다가오는 산하와 뇌우에게 성큼 다가가 그들의 손을 덥석 잡았다.

두 사람은 움찔 놀랐으나 손을 빼지는 않고 긴장된 표정으로 화운룡을 주시했다.

화운룡은 빙그레 웃었다.

"염려하지 마라. 잠시 후에는 너희도 치매 쌍과 같은 미래의 기억을 갖게 될 것이다."

화운룡은 산하와 뇌우의 잡은 손을 통해서 심심상인과 심지공, 극음지기를 동시에 주입하여 두 사람의 미래 기억을 전해주었다.

머릿속이 터질 것처럼 가득 들어찼던 미래의 기억들을 일단 수습한 항아는 의자에 꼿꼿한 자세로 앉아서 화운룡을 말끄러미 바라보았다.

그녀가 지금 상황에서 봤을 때 두 가지 가능성이 있다.

하나는 화운룡이 말한 대로 미래의 기억을 그녀에게 전해주었다는 것이다.

그리고 또 하나는 화운룡이 어떤 특수한 사술이나 요술을 발휘해서 항아와 산하, 뇌우를 세뇌시켰을 수도 있다.

그러나 후자의 경우라고 하기에는 여러 가지 무리가 따른다.

화운룡이 전해준 수십 년에 걸친 수많은 기억들과 감정들이 너무도 또렷하고 구체적인 데다 한 치의 어긋남도 없이 치밀하게 얽히고 이어져 있어서 절대로 사술이라고는 볼 수 없다는 것이다.

슥…….

항아는 화운룡에게서 시선을 떼지 않은 채 일어나서 천천히 그에게 다가갔다.

"류 니쨩(龍兄)이야?"

화운룡은 빙그레 미소 지으며 고개를 끄떡였다.

"그래, 치메 쨩."

화운룡의 '룡'과 오빠를 뜻하는 '형'을 합친 호칭이며 항아가 처음 그렇게 불렀다.

항아는 화운룡 앞에 서서 비 오듯이 눈물을 흘렸다.

"아아… 당신이 류 니쨩이었어……."

"그래. 치메 쨩. 네가 이렇게 귀여웠구나."

화운룡이 머리를 쓰다듬자 항아가 안겼다.

"내가 당신을 떠나다니… 미안해요. 잘못했어요."

항아는 사십칠 세에 화운룡을 만나서 이십오 년 동안 그의 곁에서 머물다가 육십이 세에 부상국으로 돌아갔다.

처음에 항아가 중원에 왔을 때에는 부상무사와 인자의 수가 만 오천여 명이었다.

그런데 중원에서 어떻게든지 자리를 잡아보려고 아무 연고도 없는 상황에서 이리저리 부딪치며 싸우다가 화운룡을 만난 사십칠 세 무렵에는 불과 이천여 명의 수하들만 남았다.

삼십여 년 동안 만 삼천여 명이나 잃고 만신창이가 된 상황에 화운룡을 만났던 것이다.

그녀가 육십이 세에 남은 수하 이천여 명을 데리고 다시 부상국으로 돌아간 이유는 질투와 낙담 때문이었다.

사십칠 세의 나이지만 혼인을 하지 않았고 사랑하는 남자가 없었던 항아는 화운룡에게 항복하고 그의 수하가 되어 같이 지내는 동안 그를 사랑하게 되었다.

그렇지만 화운룡은 평생을 두고 짝사랑하는 여자 옥봉 때문에 항아의 사랑을 받아들이지 않았다.

그뿐만 아니라 화운룡 곁에는 이미 여자가 여러 명이나 우글거렸다.

말을 붙이거나 쳐다보는 것조차 무서운 전직 무림제일 살수 출신의 설운설과 전직 여승이었다는 명림은 좌청룡 우백호처럼 화운룡을 지키고 있어서 항아가 그에게 말을 걸려면 목숨을 내놓아야 할 정도로 살벌했었다.

그뿐만 아니라 항아하고 비슷한 또래인 홍예라는 여자는 아름답기가 천하절색이면서도 속에는 능구렁이가 똬리를 틀고 들어앉았는지 항아가 화운룡에게 접근하는 것을 숱한 방법을 써서 원천적으로 봉쇄했다.

그래서 이런저런 이유 때문에 중원에 정을 못 붙이고 있던 항아는 눈물을 삼키고 부상국으로 돌아가기로 결정을 내렸던 것이다.

"항아, 너 부상국으로 돌아가서 잘살았느냐?"

항아는 화운룡의 가슴에서 얼굴을 떼고 한쪽에 서 있는 산하와 뇌우를 쳐다보았다.

"너희들은 모르겠구나."

산하와 뇌우는 공손히 허리를 굽혔다.

"그렇습니다, 공주님."

현재 산하는 사십오 세, 뇌우는 사십삼 세인데 두 사람은 화운룡을 만난 후 십 년 사이에 차례로 죽게 되기 때문에 부상국으로 돌아가지 못한다.

뇌우가 조금 용기를 내서 항아에게 물었다.

"공주님, 속하가 낙양 무황성에서 죽은 것이 맞습니까?"

항아는 고개를 끄떡였다.

"그래. 네가 죽고 두 달 후에 산하도 죽었어."

평생 경쟁자이면서 또한 절친한 벗이었던 산하와 뇌우였다. 가족 한 명 없는 타국 땅에서 사십여 년 동안 떠돌다가 뇌우가 죽자 크게 상심하여 마음의 병을 얻은 산하는 시름시름 앓다가 두 달 후에 눈을 감았다.

산하와 뇌우는 새삼스러운 표정을 지으면서 묵묵히 서로를 바라보았다.

항아는 쓸쓸한 얼굴로 화운룡을 올려다보며 말했다.

"그때 저는 류 니쨩 곁을 떠나지 말아야 했어요."

"너… 부상에 돌아가서 좋지 않은 일을 당한 것이냐?"

항아는 두 팔로 화운룡의 등을 끌어안고 그의 가슴에 뺨을 묻은 채 쓸쓸히 중얼거렸다.

"저와 수하들이 탄 배가 부상국 해변에 도착하자마자 군사 수만 명이 새카맣게 몰려들었어요."

"그랬느냐?"

화운룡은 적잖이 놀랐다. 그는 항아가 자신을 떠난 이후에 벌어진 일에 대해서는 알지 못한다.

"우린 부상국 땅에 내려보지도 못하고 배에 탄 상태로 불에 타서 전멸했어요."

항아는 화운룡의 몸속으로 들어가기라도 하려는 듯 그를 힘주어서 꼭 안았다.

"류 니쨩을 떠나지 말았어야 했어요. 떠났기 때문에 벌을 받은 거예요."

생각해 보면 항아와 그녀를 따라나선 만 오천여 명 수하들의 운명은 기구한 것이다.

기반을 잃고 고국에서 쫓겨나서 중원으로 온 이후 수십 년 동안 떠돌면서 온갖 고생을 하다가 간신히 살아남은 이천여 명이 그리운 고국으로 돌아갔다.

그런데 결국 고향 땅을 밟아보지도 못하고 전멸했으니 그보다 더 참담한 일이 어디에 있겠는가.

"저의 잘못된 결정 하나에 수하들을 모두 잃었어요. 가족을 버리고 나를 따랐던 충성스러운 수하들을 말이에요."

화운룡은 항아의 등을 부드럽게 쓰다듬었다.

"이제 우리는 두 번 다시 그런 아픈 전철을 밟지 말자꾸나. 앞으로는 내가 너희들을 보살피마."

"흑흑흑… 류 니쨩… 보고 싶었어요……."

항아는 화운룡의 가슴이 흠뻑 젖도록 한참 동안이나 울음을 그치지 않았다.

실내의 탁자에 나란히 앉은 화운룡과 항아는 화기애애하게 대화를 나누고 옆에 서 있는 산하와 뇌우는 그 모습을 바라보며 부드럽게 미소를 지었다.

항아는 화운룡의 커다란 손을 만지작거리면서 꿈을 꾸는 듯한 얼굴로 말했다.

"이제부터 저는 류 니쨩이 시키는 대로만 할 거예요."

"그러면 안 된다. 서로 의논을 하고 또 내가 제안하는 것에 너도 기탄없이 의견을 말하는 것이 좋아."

항아는 고개를 살래살래 가로저었다.

"지금 생각해 보니까 미래에 류 니쨩이 말한 것들은 하나에서 열까지 다 옳았어요. 간혹 저는 류 니쨩의 말을 듣지 않고 고집을 부렸는데 나중에 혹독한 대가를 치렀잖아요? 이젠 그런 일이 절대 없을 거예요."

화운룡은 자신의 손을 항아가 만지작거리도록 내버려 둔 채 화제를 바꾸었다.

"지금 너희는 천황을 돕고 있는 것이냐?"

"천황이 누구죠?"

"천여황이 누군지는 아느냐?"

항아는 방글방글 웃었다.

"몰라요."

화운룡은 항아가 아무것도 모르는 상황에 무턱대고 천황 즉, 천신국 좌호법 청룡천제를 돕고 있는 것이라는 사실에 어이없는 기분이 들었다.

"그렇다면 어떻게 해서 지금 너희들이 하고 있는 일을 하게 된 것이냐?"

"히코가 가져온 일이에요."

히코는 항아의 참모 겸 책사다.

항아는 아무리 생각해 봐도 신기하다는 듯 화운룡을 바라보면서 물었다.

"그런데 류 니쌍은 어떻게 해서 미래에서 과거로 온 거죠?"

항아는 천황이나 천여황이니 하는 것보다 그게 더 궁금한 모양이다.

화운룡은 빙그레 미소 지으며 자신이 어떻게 해서 과거로 오게 되었는지에 대해서 간략하게 설명을 해주었다.

설명을 듣고 난 항아는 크게 놀랐다.

"아아… 우화등선을 했었군요?"

화운룡은 겸연쩍은 표정을 지었다.

"실패했어."

항아는 고개를 도리도리 가로저었다.

"제 생각에는 류 니쟝의 우화등선은 성공한 것 같은데요?"

"어째서 그렇게 생각하지?"

항아는 자못 진지한 얼굴로 말했다.

"인간이 미래에서 과거로 오는 것이 가능한 일인가요?"

"흠……."

"시간이나 세월 같은 것을 초월하는 일은 신선이나 가능해요. 그러니까 류 니쟝은 이미 신선이 됐을지도 몰라요."

"하하하! 이런 신선을 본 적이 있느냐?"

화운룡은 껄껄 웃으면서 두 팔을 벌려보였다.

"나는 밥과 술을 먹을 뿐만 아니라 잠도 자고 여느 인간이나 똑같이 행동하고 있다."

항아의 얼굴이 조금 더 진지해졌다.

"우리가 익히 알고 있는 신선의 모습이란 것은 인간들의 상상력이 만들어냈을 뿐이에요."

항아는 눈을 깜빡거렸다.

"신선이 구름을 타고 하늘을 날고 비와 천둥 번개를 부르며 천지 만물의 생장을 주도한다는 것은 신선이란 그럴 것이라는 인간의 바람이 만들어낸 산물인 거예요."

"호오……."

화운룡의 얼굴에 대견스러운 표정이 떠올랐다. 십칠 세 소녀의 의견이라고 하기는 꽤나 논리정연하기 때문이다.

항아는 단정적으로 말했다.

"도대체 육십사 년 후 길고 긴 미래에서 과거로 시대를 초월하는 존재를 뭐라고 부르죠? 그런 존재가 인간인가요? 아니면 신선인가요?"

항아가 말하고 있는 것은 화운룡이 수백 번도 더 생각했던 내용이었다.

그런데 항상 거기에서 막혔다. 아니, 그는 우화등선이 성공했다는 생각 자체를 단 한 번도 한 적이 없었다.

우화등선을 시도했었는데 실패하는 바람에 과거로 왔다고 생각했으며 다른 사람들에게도 누누이 그렇게 설명하기를 주저하지 않았었다.

그런데 방금 항아가 말한 것처럼 우화등선이 성공했다는 전제로 생각했던 적은 한 번도 없었다.

'허어… 이것은 설마…….'

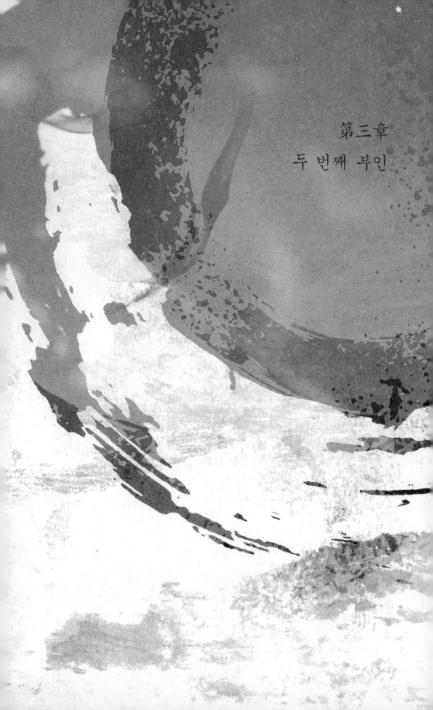

第三章
두 번째 부인

항아가 결론을 내리듯이 말했다.

"어쩌면 신선은 인간의 모습을 하고 있을지도 몰라요. 다만 속이 인간하고 다른 거죠."

"뭐가 다르지?"

항아는 미리 준비하고 있었던 것처럼 대답했다.

"능력이죠."

"무슨 능력?"

항아는 다시 화운룡의 왼손을 끌어다가 떡잎처럼 조그만 두 손으로 만지작거리면서 말했다.

"류 니쟝이 오늘 이곳에서 보여준 능력만 해도 도저히 인간이 발휘할 수 없는 것이었어요."

심심상인을 가리키는 것이다. 그녀의 말처럼 미래의 기억을 타인에게 전해주는 능력을 지닌 인간은 존재하지 않는다.

부상국에서는 신선을 보는 시각이 중원하고는 매우 다른 것 같았다.

화운룡은 이 문제는 나중에 좀 더 시간을 갖고 생각해 보기로 하고 아까 하던 대화로 돌아갔다.

"치메 쟝, 너희는 천황을 돕기로 하고 무슨 대가를 얻기로 한 것이냐?"

"그는 장차 우리가 살아갈 수 있는 땅을 준다고 했어요."

"영토 말이냐?"

"그래요. 영토."

"너는 중원에 나라를 세울 생각인 것이냐?"

항아는 고개를 가로저었다.

"만 오천 명으로 무슨 나라를 세우겠어요? 저는 그저 우리들이 누구의 간섭도 받지 않고 마음 편하게 살아갈 수 있는 땅이 필요할 뿐이에요."

"그건 내가 어떻게 해보마."

항아는 눈을 빛냈다.

"정말인가요?"

"그래. 너희들이 살 땅과 기반을 마련해 주마. 그러니까 천황과 손을 끊어라."

항아는 믿을 수 없다는 듯 눈을 커다랗게 떴다.

"기반까지 해준다는 말인가요?"

화운룡은 담담히 미소 지었다.

"땅만 갖고는 먹고살 수 없을 것이 아니겠느냐?"

"저는 만약 땅이 생기면 수하들에게 농사를 짓게 할 생각이었어요."

"돈이나 재물이 있느냐?"

항아는 입술을 예쁘게 삐죽거렸다.

"그런 게 넉넉하게 있었으면 지금 같은 고생은 하지 않았을 거예요. 급하게 도망치느라 가족까지 놔두고 빈손으로 올 수밖에 없었어요."

가족이라는 말에 화운룡은 잠시 생각에 잠겼다가 물었다.

"가족까지 다 합하면 몇 명이나 되느냐?"

"최소 오만 명은 될 거예요."

오만 명이라는 어마어마한 사람들 그것도 말이 통하지 않는 부상국 백성들을 중원으로 데리고 와서 살게 하는 것은 무리가 따른다.

해룡상단의 재력으로 땅을 사고 또 그들을 먹여 살리는 일은 화운룡이 하려고 마음만 먹으면 할 수 있겠지만 부상국에서 건너와 타국에서 살아가야 하는 그들의 고생이 만만치 않을 터이다.

"가장 좋은 방법은 너희들 모두가 부상국에서 살아가는 것일 게다."

항아의 얼굴에 씁쓸함이 떠올랐다.

"우린 본국에 돌아가는 즉시 붙잡혀서 처형될 거예요. 아니, 배에서 내리기도 전에 전멸할 거예요."

"그렇게 되지 않도록 만들어야지."

항아는 고개를 가로저었다.

"불가능해요."

"내가 부상국의 쇼군이라는 인물을 만나봐야겠다."

항아는 깜짝 놀랐다.

"류 니쨩이요?"

화운룡은 빙그레 미소 지었다.

"쇼군은 절대로 내 요구를 거절하지 못할 것이다."

그는 쇼군을 잠혼백령술로 제압해서 항아 등을 받아들이라는 명령을 내릴 생각이다.

현재 부상국을 지배하고 있는 무로마치 막부를 괴멸시키고 항아네 일족 가마쿠라 막부가 다시 권력을 잡도록 도울 수도 있겠지만 그것은 남의 나라 일에 심하게 간섭하는 것이다. 부상국의 운명은 부상국에 맡겨두는 것이 순리다.

"치메 쨩, 너는 부상국으로 돌아갈 수 있다면 무엇을 하고 싶으냐?"

"무로마치 막부가 우리를 건드리지 않는다는 조건이라면, 사촌들을 고향의 다이묘(大名: 영주)로 만들어서 수하들과 함께 편히 살게 해주고 싶어요."

"사촌들이 있느냐?"

항아는 창을 바라보며 아련한 표정을 지었다.

"고향 가마쿠라에는 우리 미나토모노 일족의 영지가 있었지만 무로마치 막부가 영지와 백성들을 몰수했기 때문에 사촌과 일족들은 뿔뿔이 흩어져서 산속으로 숨어들었어요. 그들을 찾아내서 가마쿠라의 다이묘가 되게 해준다면 수하들과 백성들을 거느리고 잘살 수 있을 거예요."

"그럼 너는 무엇을 할 거냐?"

항아는 화운룡의 손을 들어 자신의 뺨에 댔다.

"류 니쨩의 부인이 되어 중원에서 살아야죠."

"뭐어?"

화운룡이 어이없는 표정을 짓자 항아가 눈을 치떴다.

"왜 놀라는 거죠? 류 니쨩은 제가 싫어요?"

미래에 항아는 이십오 년 동안이나 화운룡에게 사랑을 갈구하다가 끝내 뜻을 이루지 못하고 눈물을 흘리며 부상국으로 돌아갔다가 몰살당했다.

그런 사실을 알게 된 화운룡으로서는 차마 항아를 박대할 수가 없다.

또한 그는 항아를 싫어하지 않는다. 미래에서 그는 운설이나 명림, 홍예는 최측근 혹은 수하라고 여겼지만 항아는 여자로 보았었다.

그는 옥봉을 짝사랑하여 평생 가슴속에만 품고 괴로워했는데 항아의 애정 공세에는 사실 크게 흔들렸었다.

항아는 화운룡의 손을 뺨에서 떼고 그를 똑바로 응시하면서 물었다.

"류 니쨩은 저를 사랑하시나요?"

"치메 쨩……."

"류 니쨩의 진심을 알고 싶어요."

화운룡은 항아를 물끄러미 응시하다가 이윽고 천천히 고개를 끄떡였다.

"그래. 널 사랑했었다."

항아의 두 눈에 눈물이 가득 고였다.

"알고 있었어요. 그러면서도 당신은 짝사랑하는 옥봉이라는 여자 때문에 저를 받아들이지 않았지요."

화운룡은 이 자리에서만큼은 솔직해지고 싶었다.

"그래. 그때 나는 그만 옥봉을 잊고 너와 부부가 되고 싶다는 생각을 했었다."

항아는 얼굴 가득 기쁜 표정을 지으며 눈물을 흘렸다.

"그때가 언제였나요?"

"너와 만나서 십 년쯤 흘렀을 때였다."

"그렇다면 제가 오십칠 세였겠군요. 류 니쨩은 육십이 세고, 당신이 속마음을 털어놨더라면 저는 본국으로 돌아갔다가 떼 죽음을 당하지 않았을 거예요."

"미안하구나."

"다시 한번 말해주세요. 저를 사랑한다고……."

"치메 쨩, 사랑한다."

"저도요. 당신은 제게 생명보다 더 소중한 존재였어요."

항아는 소나기처럼 눈물을 쏟으면서 화운룡에게 안겼으며, 그는 그녀를 힘껏 안아주었다.

"누구시오?"

그때 산하의 나직한 일갈에 화운룡과 항아는 포옹을 풀고 객방 입구를 쳐다보았다.

화운룡은 깜짝 놀라서 벌떡 일어섰다.

"봉애……."

입구에 서 있는 사람은 옥봉과 자봉이다. 화운룡이 오랫동안 내려오지 않아서 그녀들이 직접 올라왔다가 화운룡과 항아가 포옹하고 있는 광경을 목격한 것이다.

대명황궁 역사상 최고의 천재인 옥봉이 부상어를 완벽하게 구사하는 것은 이상한 일이 아니다.

그러므로 옥봉은 비단 화운룡과 항아가 포옹하고 있는 광경을 목격했을 뿐만 아니라 그 전에 두 사람이 나눈 대화 즉, 화운룡과 항아가 서로를 사랑한다는 말을 들었다.

옥봉의 시선이 화운룡에게서 항아에게로 옮겨갔다.

옥봉은 항아가 부상국에서 온 소공녀일 것이라고 직감했다. 그리고 화운룡이 어째서 소공녀를 직접 만나고 싶어 했는지 그 이유를 방금 알게 되었다. 화운룡은 사랑하는 소공녀를 만나고 싶었던 것이다.

항아는 옥봉을 보는 순간 갑자기 싸아… 한 느낌이 등골을 훑고 지나갔다.

항아는 저기 서 있는 천하절색의 미녀가 어쩌면 화운룡이 미래에서 평생 짝사랑했던 옥봉이라는 여자일지도 모른다는 생각이 들었다.

화운룡은 자신이 항아와 포옹하고 있었던 장면이나 또 항아와 나눈 대화를 옥봉이 들었을 것이라고 생각하자 조금 당황스러웠다.

옥봉이 화운룡에게 다가오면서 엷게 미소 지으며 말했다.

"용공, 그녀를 소개해 주시겠어요?"

유창한 부상어에 항아가 놀라는 표정을 지었다.

화운룡은 지금 상황에 옥봉을 속일 생각은 추호도 없기에 마음을 가라앉히고 항아를 가리키며 소개했다.

"봉애, 부상국의 소공녀 항아야."

옥봉은 항아에게 화사한 미소를 지어 보였다.

"반가워요. 나는 이분의 아내인 옥봉이에요."

"아⋯⋯."

'옥봉'이라는 말에 항아는 깜짝 놀라서 자신도 모르게 나직한 탄성을 토해냈다.

항아는 화운룡이 과거로 회귀하여 마침내 옥봉을 만났으며, 그녀를 아내로 삼은 사실을 지금 처음 알게 되어 아연실색한 표정을 지었다.

또한 옥봉이 유창한 부상어를 구사하는 것으로 보아 조금 전 자신과 화운룡의 대화를 들었을 것이라고 짐작했다.

항아는 옥봉처럼 차분하면서도 대범한 성격이 아니고 또한 지금 상황을 모면하기 위해서 온갖 설레발을 피울 파렴치한 성격도 아니다.

항아는 크게 당황했지만 곧 정신을 수습하고 옥봉에게 가볍게 고개를 숙였다.

"미안해요. 류 니쨩의 부인이 왔을 줄은 몰랐어요."

"그것은 조금 전에 용공과 한 행동과 대화를 후회하고 있다는 뜻인가요?"

항아는 조금 놀라는 표정을 지었지만 곧 다부지게 고개를 가로저었다.

"그렇지 않아요. 그것은 내 진심이었어요."

그러고는 화운룡을 바라보았다.

"류 니쨩도 진심이었을 것이라고 믿어요."

옥봉은 고개를 끄떡였다.

"용공은 어떤 상황에서도 거짓말을 하지 않아요."

"그건 나도 알아요."

화운룡은 자신이 끼어들 틈이 없어서 두 소녀의 대화를 들으며 씁쓸함을 감추지 못했다.

옥봉은 항아를 응시하면서 조용하게 말했다.

"나는 용공의 뜻을 거스른 적이 없어요. 그것은 이런 상황에서도 마찬가지예요."

"봉애."

"용공은 가만히 계세요."

화운룡이 깜짝 놀라서 끼어들었다가 옥봉의 핀잔을 들었다.

"용공은 한 번도 여자 문제로 일을 만든 적이 없었기 때문에 지금 상황이 진실이라고 믿는 거예요."

"이제 그만해, 봉애."

화운룡은 더 이상 두고 볼 수가 없어서 끼어들었다.

"누가 뭐래도 나는 봉애를 사랑하고 있어. 치메 쨩은 부상국으로 돌아가게 될 거야."

옥봉은 화운룡은 똑바로 바라보며 물었다.

"용공이 소녀를 사랑하는 것은 잘 알지만 여기에 있는 소공녀도 사랑하잖아요?"

"그것은……."

"말씀해 보세요. 소공녀를 사랑하시죠?"

화운룡은 진땀을 흘렸다. 하지만 그는 거짓말을 하지 못한다.

"치메 쨩을 사랑한다. 그러나 그것은 봉애를 짝사랑했던 미래에서의 일이야."

"됐어요."

옥봉은 이번에는 항아에게 물었다.

"부상국으로 돌아갈 건가요?"

"절대 가지 않아요."

"치메 쨩!"

화운룡이 놀라서 낮게 외쳤다.

옥봉이 화운룡의 가슴에 손을 대고 살짝 밀었다.

"용공께선 나서지 말아요. 아셨죠?"

"끙……."

화운룡 입에서 저절로 신음 소리가 새어나왔다.

항아는 옥봉을 보면서 진심 어린 표정으로 말했다.

"미래에서 류 니쨩이 당신과 부부로 살고 있었다면 나는 절대로 그를 사랑하지 않았을 거예요. 하지만 미래에는 당신이 없었고 그는 홀로 외로워하고 있었어요. 그래서 그를 사랑했어요. 그리고 우린 다시 과거인 지금 재회를 했는데 그 사랑이 이어지고 있는 거예요. 그런데 과거인 이곳에서는 류 니쨩이 당신과 부부가 됐군요."

옥봉은 가만히 듣기만 했다. 그녀가 듣기에 항아의 말은 반박의 여지가 없다.

항아의 두 눈에 눈물이 찰랑찰랑 고였다.

"이런 상황이 됐다고 내가 물러나야 하나요? 당신이 내 입장이라면 어떻게 할 건가요?"

"나라면 절대로 물러나지 않고 어떻게 해서든 사랑하는 남자를 붙잡을 거예요."

옥봉의 말에 항아가 크게 놀라서 눈을 동그랗게 뜨자 눈물이 후드득 떨어졌다.

"지금 상황은 내 허락만 남은 거로군요."

"봉애!"

화운룡이 낮게 외쳤지만 옥봉은 항아를 보며 말을 이었다.

"이 사실을 몰랐으면 모르되 내가 알게 된 이상 그냥 지나칠 수가 없어요."

항아는 초롱초롱한 눈에 눈물을 가득 담고 긴장된 표정으로 옥봉을 바라보았다.

"용공과 당신은 서로 사랑하는데 두 사람을 억지로 헤어지게 만든다면 당신들은 죽을 때까지 나를 원망할 거예요. 나는 그런 원망을 견딜 만큼 강하고 독한 여자가 아니에요."

화운룡은 지금 자신이 무슨 말이라도 해야 한다고 생각했지만 도대체 무슨 말을 해야 할지 알지 못했다.

옥봉이 결단을 내렸다.

"당신은 용공과 혼인하세요."

"아……."

"봉애!"

항아는 소스라치게 놀라고 화운룡은 큰 소리로 외쳤다.

지켜보고 있던 자봉이 날카롭게 소리쳤다.

"봉아! 너 제정신이야?"

옥봉은 침착하게 말했다.

"봉령아, 네가 나설 자리가 아냐."

옥봉의 단호한 표정을 보고 자봉은 찔끔했다. 그리고 보니까 옥봉의 말대로 이것은 그녀의 가정사라서 자봉이 참견할 일이 아니다.

항아를 화운룡의 두 번째 부인으로 받아들인 것은 옥봉으로서도 굉장히 어려운 결정이었다.

그녀는 자비심이 넘치는 살아 있는 생불(生佛)이 아니다. 그녀도 남편의 사랑을 오롯이 독점하고 싶은 일개 평범한 여자인데 어찌 화운룡을 다른 여자와 공유하고 싶겠는가.

그렇지만 화운룡이 옥봉 자신 외에 다른 여자를 사랑하고 있다는 사실을 알게 된 상황에서 그것을 훼방하거나 억지로 뜯어말리는 것은 하책일 뿐만 아니라, 그러는 것은 옥봉의 성격에도 맞지 않는다.

옥봉이 여러 고서에서 읽어보기도 하고 또 경험해 본 바에 의하면 남녀의 사랑이라는 것은 제삼자의 간섭으로 좌지우지되는 것이 아니다.

남녀의 사랑은 사랑을 하고 있는 당사자들만이 성패를 결정할 수가 있는 것이다.

옥봉은 이런 상황에서는 현실을 인정하고 빨리 수습하는 것이 현명하다고 판단한 것이다.

옥봉은 자신이 행할 수 있는 최선의 선택을 했다고 생각했다. 이제 남은 일은 지켜보는 것이다.

옥봉은 부드럽게 미소 지으며 항아에게 물었다.

"항아 소저는 몇 살인가요?"

항아는 아직도 옥봉의 선처가 믿어지지 않는지 쭈뼛거리며 대답했다.

"열일곱 살이에요."

"나는 열아홉 살이니까 내가 언니로군요. 앞으로 나를 언니라고 부를 수 있겠어요?"

"네……."

옥봉은 씁쓸한 표정을 짓고 있는 화운룡을 재촉했다.

"용공, 이제 천여황 일을 처리해야 되지 않나요?"

"어… 그래야지."

＊   ＊   ＊

항아는 천황파를 도와서 천여황을 공격하고 있는 부상무사와 부상인자들을 모두 철수시켰다.

그런데 천여황이 감쪽같이 사라졌다고 한다. 화운룡이 천여황을 찾아내라고 보낸 가루라마저도 어떻게 된 일인지 돌아오지 않았다.

철수하여 금명루에 돌아온 항아의 책사 히코의 말에 따르면 천신국에서 고수 삼천여 명이 몰려와서 중상을 입고 궁지에 몰린 천여황을 탈출시켰다고 한다.

그 과정에 천여황을 추종하는 고수 이천오백여 명이 무더기로 죽고 겨우 오백여 명만이 살아남아 천여황을 따라서 도주했다는 것이다.

금명루 삼 층 항아의 거처에 화운룡 등이 모여 있다.

커다란 탁자 둘레에 화운룡 등이 앉아 있으며, 야말과 굴락은 화운룡 뒤쪽에 서 있고, 산하, 뇌우, 히코, 아오메는 항아 뒤에 서 있다.

그런데 화운룡 왼쪽에 항아가 앉아 있기 때문에 야말과 산하 등 여섯 명은 두 사람 뒤에 일렬로 늘어서 있는 어색한 모습이다.

자봉이 탁자에 팔꿈치를 얹고 손으로 턱을 받친 자세로 중얼거렸다.

"천여황은 어디로 갔을까요?"

화운룡이 연군풍을 쳐다보며 물었다.

"짐작 가는 곳이 없느냐?"

연군풍은 고개를 가로저었다.

"사부님께선 천신국이나 용황락 두 곳이 아니면 가실 만한 곳이 없어요."

"폐허가 돼버린 용황락에는 당연히 돌아가지 않았을 것이고… 어떻게 생각하느냐, 군풍. 그녀가 천신국으로 가지는 않았겠느냐?"

"천신국으로 가지 않으셨을 거예요."

"어째서 그렇게 생각하지?"

연군풍은 차분하게 대답했다.

"만약 사부님께서 천신국으로 가셨다면 사부님을 따르는 세력과 천황파 세력이 천신국 내에서 대대적인 충돌을 일으키게 될 거예요."

"그렇겠지."

"그것은 결국 천신오국의 대대적인 내전(內戰)으로 비화될 테고 상상조차 하기 어려운 피해를 보게 될 거예요. 어쩌면 그로 인해서 천신국이 멸망할지도 몰라요. 사부님께선 그걸 아실 텐데 천신국으로 가셨을 리가 없어요."

옥봉이 조용한 목소리로 말했다.

"천여황파와 천황파의 내전이 벌어지면 고수들과 군사들만이 아니라 죄 없는 백성들까지 셀 수 없이 많은 희생자가 발생할 거예요. 더구나 쉽게 끝날 내전이 아니기 때문에 천신국은 극도로 피폐해지겠죠."

연군풍이 가만히 고개를 끄떡였다.

"맞아요."

화운룡 오른쪽에 앉아 있는 옥봉이 심각한 표정을 지으며 화운룡을 보면서 말했다.

"부상당한 천여황이 도주하여 어딘가에 깊이 잠적한다면 천황은 손쉽게 천신국을 장악하게 될 거예요."

자봉이 말을 받았다.

"천황이 천신국을 장악하면 자연히 천하도 천황이 지배하게 될 테죠."

천하는 이미 천신국이 지배하고 있으므로 그것은 당연한 수순일 것이다.

천황 즉, 좌호법 청룡천제가 천신국과 천하를 장악하게 되면 대대적인 새 판을 짜게 될 것이다.

간단히 말해서 지금까지는 천여황이 최대한 평화롭게 천하를 장악하고 또 이끌어왔다면 천황은 폭정으로 세상을 뒤바꿀 것이라는 얘기다.

천황은 천여황의 그런 평화를 바탕으로 한 정세를 매우 못마땅하게 생각하고 있다.

그것 때문에 천여황의 최측근인 좌호법이면서도 반역을 꾀한 것이다.

자봉은 모두 다 아는 내용을 다시 한번 확인하듯이 말했다.

"천황이 천신국을 재정비하고 나면 천하를 피로 씻으려고 들 거예요."

천황은 천여황이 천하를 완벽하게 제패하지 못했다고 생각했으며 그것이 불만이었다.

천여황은 천신국이 원래의 천하와 화합하여 조화를 이루고 함께 살아가는 것이 이상적이라고 생각했다.

하지만 천황이 생각하는 완벽한 천하제패라는 것은 정복자의 군림(君臨)이다.

정복자는 높은 곳에서 아래를 굽어보면서 부귀영화를 누려야 하고, 피정복자는 짓밟혀서 피를 흘리며 정복자를 받들어야 한다는 것이 천황의 신념이다.

그렇게 하려면 작금의 천하를 새로 갈아엎어야만 하고 그것을 천황이 하려는 것이다.

'천황이 천하를 피로 씻게 될 것'이라는 자봉의 말 직후에 좌중에는 무거운 침묵이 흘렀다.

이런저런 예상이나 의논은 끝났으니까 이제 결론을 내릴 일만 남았다.

그리고 그 결론을 내릴 사람이 화운룡이므로 다들 그가 입을 열기만 기다렸다.

그가 말하기 전에 모두들 익히 짐작하듯이 결론이라는 것은 크게 세 가지다.

하나는 천여황을 계속 추적하여 죽이는 것. 즉, 화운룡의 개인적인 복수다.

또 하나는 천신국으로 가서 천황을 죽이고 천황파를 멸절시켜서 중원 천하의 평화를 유지하는 것.

그리고 마지막 하나는 이대로 돌아가서 세상이 어떻게 되든지 말든지 어떤 일에도 일체 관여하지 않고 우리끼리만 오순도순 살아가는 것이다.

화운룡의 침묵은 길어졌다.

갖가지 요리들과 사천 지방의 이름난 술이 줄지어 들어오자 사람들은 먹고 마시면서 사소한 대화를 나누며 화운룡의 결정을 기다렸다.

큰 탁자 하나를 더 들여와서 거기에 야말과 굴락, 산하, 뇌우, 히코, 아오메가 앉아서 먹고 마시도록 했다.

옥봉과 항아, 자봉이 작은 목소리로 대화를 하고 있으며 그녀들의 대화를 방해하지 않기 위해서 조금 떨어져 앉은 화운룡은 깊은 생각에 잠겨 있다.

다들 화운룡이 결정을 내리기 위해서 고민을 하고 있는 것이라고 짐작했다.

그런데 화운룡은 꽤 시간이 흘렀는데도 결정을 내리지 못한 채 고민만 하고 있다.

그러는 사이에 옥봉과 자봉은 항아와 이런저런 대화를 나누면서 조금씩 마음을 열어가고 있었다.

그렇지만 항아는 화운룡이 무엇 때문에 저렇게 깊은 고민에 빠져 있는지 이유를 알지 못해서 옥봉, 자봉하고 대화를 하는 중에도 자꾸만 화운룡이 신경 쓰였다.

마침내 항아가 궁금함을 참지 못하고 옥봉에게 물었다.

"옥봉 언니, 류 니쌍은 무슨 생각을 아까부터 저렇게 골똘하게 하는 거예요?"

항아가 부상어로 말하자 자봉이 핀잔을 주었다.

"치메 쨩, 한어로 말하라고 그랬지?"

항아는 한어를 할 줄 알지만 유창하지 못하다. 그래도 알아들을 정도로 천천히 또렷하게 말한다.

항아가 한어로 자봉을 나무랐다.

"봉령 언니, 저를 치메 쨩이라고 부르지 말라고 했죠? 절 그렇게 부를 수 있는 사람은 류 니쨩 한 사람뿐이에요."

"알았어. 조금 전에 봉아에게 뭐라고 말한 거야?"

"류 니쨩이 지금 무엇 때문에 저렇게 깊이 고민을 하고 계시느냐고 물었어요."

자봉이 화운룡을 바라보면서 조용히 말했다.

"이제부터 우리가 어떻게 해야 할지를 결정하려는 거야."

화운룡이 처한 상황에 대해서 전혀 모르는 항아는 자봉의 말에 궁금증이 더해졌다.

"자세히 설명해 줄래요?"

자봉이 옆에 앉은 옥봉을 턱으로 가리켰다.

"용공에 대한 일이라면 봉아가 가장 잘 알 거야."

옥봉은 잠시 화운룡을 바라보았다. 그에 대해서라면 자신이 가장 많이 아는데 그것을 항아에게 설명해 줘도 괜찮을지 생각하는 것이다.

옥봉이 조용한 목소리로 항아에게 물었다.

"용공께서 항아에게 미래 기억을 전해줄 때 현재 상황에 대해서는 알려주지 않으셨어?"

항아는 화운룡을 바라보았다.

"미래에서 일어난 일만 알려주셨어요."

옥봉은 문득 궁금해졌다.

"나에 대한 것도?"

항아는 약간 입술을 삐죽거렸다.

"류 니쨩은 평생 옥봉 언니만 죽도록 짝사랑하셨어요. 그랬기 때문에 운설 언니와 명림 언니, 홍예는 거들떠보지도 않으셨어요."

항아의 표정이 쓸쓸해졌다.

"제가 그토록 사랑을 애원했는데도 묵묵부답이어서 결국 수하들을 이끌고 부상국으로 돌아갔다가 육지를 디뎌보지도 못하고 몰살당했지요."

"그랬구나."

그때부터 옥봉은 항아와 함께 아무 말도 하지 않고 묵묵히 술만 마셨다.

하지만 사실은 옥봉이 화운룡의 현재 상황에 대해서 전음으로 항아에게 설명해 주고 있는 중이다.

화운룡이 천중인계의 지존인 사신천제인데 사랑하는 사람

들을 보호하고 그들에게 피해를 주지 않기 위해서 사신천제로서 천하를 구하는 일을 하지 않으려고 한다는 것.

그래서 화운룡은 예전에 천외신계가 천하를 제패하려고 대명황실과 중원 무림에 많은 음모를 꾸미고 또 진행했어도 일체 상관하지 않았었다는 것.

그러다가 천여황이 화운룡을 죽음으로 몰아넣었고 비룡은 월문을 괴멸시켰다는 것.

그 과정에 천외신계가 비룡은월문 사람 수천 명을 천신국에 노예로 끌고 갔는데 그중에 옥봉과 자봉이 속해 있어서 화운룡이 구해주었다는 것 등을 자세하게 설명했다.

설명을 모두 듣고 난 항아는 배시시 미소 지으며 말했다.

"그러니까 두 분 언니는 류 니쨩이 결정을 내리는 것을 기다리고 있는 거로군요? 그리고 류 니쨩이 어떤 결정을 내리든지 따를 생각이고요."

"그래."

항아가 방긋 웃었다.

"저도 그래요."

결국 화운룡은 결정을 내리지 못했다.

자신이 어떤 결정을 내리든 간에 크고 많은 희생이 따를 것이기 때문이다.

사실 그는 무엇보다도 옥봉을 구하러 멀고도 긴 여정을 하는 동안 심신이 많이 지친 상태다.

또한 옥봉과 자봉은 천신국에서 노예 생활을 했었으며 이후에는 강령혈대에 뽑혀서 일 년이 넘도록 상상을 초월하는 극한 훈련을 거치면서 강시가 됐다가, 천신만고 끝에 화운룡에게 구해져서 간신히 제자리로 돌아왔다.

그러므로 옥봉과 자봉이야말로 심신이 만신창이가 되었으니 이제 그만 쉬어야 할 시기인 것이다.

화운룡이 사람들을 둘러보면서 오랜만에 말문을 열었다.

"어떻게 하면 좋을지 의견을 말해봐라."

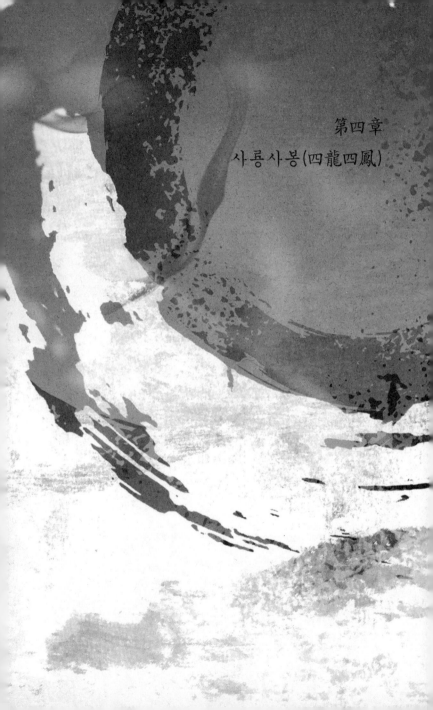

第四章

사룡사봉(四龍四鳳)

야말과 굴락, 히코 등이 일어섰다.

"저희는 나가 있겠습니다."

화운룡이 손을 저었다.

"너희들도 의견을 말해라."

야말과 히코 등은 깜짝 놀랐다.

"저희가 어찌 감히……."

화운룡의 말에 모두 놀랐다. 이런 중대사는 원래 우두머리들이 의논하여 결정하기 때문이다.

"너희들 입장에서 할 말이 있으면 해봐라. 어떤 말이라도 괜찮다."

화운룡은 허투루 말하는 사람이 아니다. 작고 하찮은 의견까지도 두루 수렴하겠다는 뜻이다.

화운룡은 우선 야말과 굴락의 말을 들은 후에 히코와 아오메의 의견을 들었다.

산하와 뇌우는 항아의 명령에 따라서 움직이는 수하라서 할 말이 없다고 했다.

화운룡이 요구한 대로 야말과 굴락, 히코, 아오메는 순전히 자신들 입장에서만 얘기를 했다.

야말과 굴락은 천여황을 구해서 그녀와 함께 천황파를 괴멸시켜야지만 천신국도 살고 중원 천하도 무사할 것이라고 강력하게 주장했다.

야말과 굴락은 아직까지도 화운룡의 진실한 신분에 대해서 전혀 모르고 있으므로 그렇게 말할 수 있는 것이다.

두 사람은 여전히 천신오국의 남천국 금투총령사와 금투정수로서 화운룡이 동초후를 대신하여 천황파를 색출, 토벌하기 위해서 온 인물이라고만 알고 있을 뿐이다.

화운룡이 심심상인을 해주어서 미래의 기억을 갖게 된 히코와 아오메는 중원 천하가 평화를 되찾기를 원했다.

그래야지만 화운룡이 자신들을 부상국으로 돌려보낼 것이기 때문이다.

야말과 히코 등이 의견을 말하고 나자 화운룡은 옥봉과 자봉, 항아를 한 명씩 보면서 말했다.

"너희도 할 말이 있으면 해라."

그러자 자봉과 항아가 옥봉을 쳐다보며 대표로 말하라는 듯한 표정을 지었다.

옥봉이 미소 지으며 화운룡을 불렀다.

"이리 가까이 오세요."

혼자 생각하느라 멀리 떨어져서 앉았던 화운룡은 원래 자리인 옥봉과 항아 사이에 앉았다.

옥봉은 화운룡의 손을 두 손으로 잡고 쓰다듬으면서 온화한 표정을 지었다.

"소녀는 용공의 마음을 알아요."

다들 옥봉이 무슨 말을 하는지 모른다. 옥봉 혼자만 화운룡이 무엇을 고뇌하는지 짐작하기 때문이다.

"소녀들과 가족들을 걱정하시느라 천중인계 사신천제의 본분을 실행하지 못하시잖아요."

옥봉은 화운룡이 고민하고 있는 정곡을 찔렀다.

천중인계 사신천제가 무엇인지 알고 있는 자봉은 화들짝 놀라서 화운룡을 바라보았지만 아무 말도 하지 않았다.

야말과 굴락도 천중인계 사신천제가 천신국이 천하를 정벌하는 데 있어서 가장 큰 적이며 걸림돌이라는 사실을 알고 있기에 소스라치게 놀랐다.

옥봉의 말인즉 화운룡이 천중인계의 지존인 사신천제라는 뜻이 아닌가.

하지만 야말과 굴락은 화운룡을 굳게 믿기에 입을 굳게 다물고 사태의 추이를 관망하기로 했다.

옥봉이 고즈넉한 목소리로 말을 이었다.

"용공, 만약 우리가 제이의 용황락 같은 곳을 찾아내어 그곳에서 세상과 단절한 채 은둔 생활을 한다면 마음이 편할 것 같은가요?"

화운룡은 말없이 듣기만 했다.

"그런 곳에서 우리끼리 살아간다고 해도 절대로 행복해질 수 없을 거예요."

화운룡이 내팽개쳐 버리고 온 바깥세상을 내내 걱정할 것이기 때문이다.

또한 그런 걱정은 화운룡만 하는 것이 아니다. 옥봉과 자봉을 비롯한 가족들도 겉으로는 행복한 체해도 속으로는 바깥세상을 걱정하느라 마음이 편하지 않을 터이다.

그것은 상처가 곪아서 썩고 있는 것을 그저 얇은 헝겊으로 보이지 않게 살짝 덮어놓은 것이나 다름이 없다.

또한 그것 때문에 자주 근심에 사로잡히게 될 화운룡을 바라봐야만 하는 옥봉을 비롯한 가족들은 자신들이 죄를 지은 듯한 마음을 떨쳐 버릴 수가 없을 것이다.

옥봉의 목소리가 더욱 진지해졌다.

"천하를 평화롭게 만들어야지만 우리가 어디에 가서 무엇을 하더라도 진정으로 행복하지 않겠어요?"

"그런가?"

화운룡이 씁쓸한 표정을 짓자 옥봉이 조용히 말했다.

"천제는 지상의 백성을 버리지 않아요."

사신천제인 화운룡이 천하 만민을 버려서는 안 된다고 옥봉이 자신의 뜻을 분명히 밝힌 것이다.

화운룡은 자봉과 항아를 쳐다보았다. 두 소녀가 방그레 미소 지으며 말했다.

"우리끼리 의논을 해서 그런 결론을 얻었어요."

"백성을 버리고 도망치는 군주는 정말 재수 없어요."

화운룡이 미간을 좁히고 항아를 쳐다보았다.

"재수 없다고?"

항아는 물러서지 않았다.

"아무리 사랑하는 류 니쨩이라고 해도 그런 짓을 하면 재수 없을 것 같아요."

"허어……."

"만약 제가 수하들을 모두 버리고 나 혼자만 잘살겠다고 도망친다면 그게 어찌 군주겠어요? 그건 개나 돼지만도 못한 존재예요."

화운룡이 천하를 도외시한다면 개나 돼지만도 못한 존재가
되는 것이다.

항아는 부상국에서도, 그리고 미래에도 속마음을 거침없이
드러내는 것으로 유명했다.

항아가 두 팔로 화운룡의 팔을 가슴에 안고 뺨을 그의 어
깨에 기대며 애교를 부렸다.

"헤헤… 미안해요, 류 니쨩."

지고무상한 신분인 소공녀 항아가 타인, 그것도 남자의 팔
을 가슴에 안고 한껏 애교를 부리고 있지만 산하와 뇌우, 히
코, 아오메는 흐뭇한 미소를 지으며 바라보았다.

그들은 미래의 기억을 찾았기에 화운룡과 항아가 어떤 사
이인지 너무도 잘 알고 있다.

마침내 화운룡은 결단을 내렸다.

"천황파를 괴멸시킨다."

옥봉과 자봉, 항아는 빙그레 미소를 지었다.

"훌륭한 결정이에요."

무엇보다도 야말과 굴락이 뛸 듯이 기뻐했다. 하지만 그들
은 과연 화운룡이 무엇으로 천황파를 괴멸시킬지 반신반의하
는 마음을 떨치지 못했다.

화운룡은 사천성의 성도인 중경(重慶)으로 갔다.

장강과 가릉강(嘉陵江)이 합류하는 서안에 위치한 중경은 무창(武昌) 서쪽에서 가장 크고 번화하며 인구가 무려 백오십만 명에 이르는 대도(大都)이다.

중경에는 해룡상단 중경지부가 있으며 사천성 내 수천 개나 되는 사업체들과 기루, 주루, 전장 등을 총괄하고 있다.

천하를 통틀어서 가장 유명한 기루를 천하오대기루라고 하는데 그중에 한 군데인 천선루(天仙樓)가 중경에 있다.

천선루를 유명하게 만든 것은 세 가지이며, 그것은 삼백 명이나 되는 절세가인 기녀들과 한번 맛보면 죽을 때까지 잊지 못한다는 천상의 요리, 그리고 어마어마한 규모로 지어진 기루 건물이라고 알려져 있다.

화운룡 일행이 중경 천선루에 도착한 시각은 저녁 술시(8시경) 무렵이라서, 천선루는 몰려드는 손님들로 그야말로 문전성시 인산인해를 이루고 있다.

천선루는 해룡상단 중경지부를 겸하고 있어서 화운룡 일행이 여길 찾아올 수밖에 없었다.

장강과 가릉강이 합류하는 두물머리 강가에 위치한 천선루는 거대한 성을 연상시킬 정도로 웅장하며 둘레가 무려 오 리에 이르렀다.

장강과 가릉강이 합류하는 쪽으로 길쭉하게 뻗어 있는 곳 전체를 차지하고 있다.

천선루는 오 층에 바깥으로 굽은 반월형으로 지어진 덕분에 이백여 개에 달하는 객실 어디에서나 장강과 가릉강의 경치를 조망할 수 있다는 것이 자랑이다.

또한 천선루를 중심으로 주변에 오십여 채의 크고 작은 전각과 누각들이 산재해 있다.

화운룡 일행은 몰려드는 손님들 때문에 발 디딜 틈 없는 천선루 일 층 입구로 들어가지 않고 그곳에서 오른쪽으로 삼십여 장쯤 떨어진 전문으로 향했다.

천선루를 비롯한 전체 오십여 채의 전각과 누각들은 높은 담에 둘러싸여 있다.

안으로 들어가는 길은 손님들이 출입하는 천선루 일 층 입구와, 천선루와 해룡상단 중경지부 사람들이나 물건을 실어 나르는 일꾼들이 출입하는 전문 두 곳뿐이다.

금명루에서는 화운룡 일행이 중경 천선루로 갈 것이라는 연락을 했을 것이다.

그래서 천선루에서 사람이 입구로 나와 화운룡 일행을 영접할 것이 분명한데도 입구에 손님들이 한꺼번에 몰려 북새통을 이루는 터에 영접하러 나온 사람이나 화운룡 일행이나 서로를 알아보는 것이 쉽지 않았다.

어쨌든 화운룡은 전문 쪽이 수월할 것 같아서 그곳을 통해 들어가기로 했다.

전문은 활짝 열려 있으며 짐이 잔뜩 실린 수레와 마차들이 줄지어 드나들고, 중경지부나 천선루 관계자로 보이는 사람들이 출입하고 있었다.

화운룡을 필두로 옥봉과 자봉, 항아가 앞서고, 산하와 야말 등 일행이 타고 온 말의 고삐를 쥐고 뒤따랐다.

전문 밖 양쪽에는 중경지부의 대여섯 명의 무사들이 지키고 있지만 멀찌감치 서서 드나드는 사람들을 쳐다보기만 할 뿐 한가한 광경이다.

화운룡 일행도 전문 안으로 향하는 사람들 행렬에 섞여서 자연스럽게 가고 있는데 갑자기 누가 고함을 쳤다.

"거기 여러 필의 말 떼 끌고 들어가는 사람들 멈추시오!"

여러 필의 말 떼를 끌고 들어가는 사람들은 화운룡 일행이므로 콕 찍어서 멈추라고 한 것이다.

자신들에게 하는 말이라고 판단한 화운룡 일행이 일제히 걸음을 멈추고 고함 소리가 들려온 곳을 쳐다보았다.

항아를 비롯한 부상국 사람들이나 야말, 굴락은 화운룡의 신분을 모르기 때문에 누가 멈추라고 하면 멈추는 것이 당연하다고 생각했다.

화운룡 일행이 고함 소리가 들려온 곳을 쳐다보니 전문 오른쪽을 지키는 무사 세 명이 당당한 걸음걸이로 다가오는데 위세가 자못 대단해 보였다.

화운룡 일행은 사람들의 통행에 방해가 되지 않도록 가장자리로 나왔다.

다가온 무사 중 한 명이 정중하게 포권을 하면서 물었다.

"무슨 용무로 왔소?"

자봉이 나섰다.

"천선루주를 만나러 왔어요."

호위무사들에게는 천선루주가 하늘 같은 존재다.

"귀하들은 누구요?"

자봉은 화운룡이 해룡상단 총단주라는 사실을 일개 호위무사에게 밝힐 수가 없어서 말을 돌렸다.

"금명루에서 왔어요."

"금명루가 무엇이오?"

그런데 호위무사가 반문을 했다.

"배율현의 금명루를 모른다는 말인가요?"

"모르오."

하긴 사천성 내에만 해룡상단 휘하의 주루와 기루가 수백 개일 텐데 일개 호위무사가 그런 것을 일일이 외우고 있을 까닭이 없다.

그렇다고 자봉은 이대로 물러날 수가 없다.

"천선루주를 불러오세요."

자봉의 명령조에 정중함으로 일관하던 호위무사는 어이없는 표정을 지었다.

"루주께선 한가하신 분이 아니오."

자봉은 호위무사의 말을 곧이곧대로 받아들였다.

"그럼 한가한 사람을 불러오세요."

"이 낭자가……"

호위무사들이 위압적인 표정으로 발을 굴렀다.

"경을 치기 전에 썩 물러가시오!"

물러가지 않으면 손을 쓸 기세다.

일이 이쯤 되니까 자봉만이 아니라 화운룡과 옥봉도 난감한 표정을 지었다.

이대로 물러날 수도 없고, 힘으로 밀고 들어가자니 사람들이 많은 곳에서 한바탕 소란이 벌어질 테니 그것도 바람직한 일이 아니다.

그렇다고 전문 밖에서 말단 호위무사들과 실랑이를 벌이는 것은 더더욱 할 짓이 못 된다.

그때 안쪽에서 경장 차림의 한 여자가 걸어오면서 낮은 소리로 물었다.

"무슨 일이냐?"

세 명의 호위무사가 즉시 고개를 숙였다.

"조장님, 이자들이 루주를 만나러 왔다기에 물러가라고 하는 중이었습니다."

조장이라는 여자는 청의경장 차림에 어깨에 검을 멘 키가 크고 미끈한 체격이다.

그녀는 정중하면서도 위압적인 표정으로 화운룡 일행을 쓸어보며 말했다.

"루주를 만나려는 용무를 말하세요."

자봉이 화운룡을 쳐다보았다.

"용공, 왜 천선루주를 만나려는 거죠?"

자봉은 화운룡이 무엇 때문에 천선루주를 만나려는 것인지 이유를 모른다.

하지만 사실 화운룡은 천선루주를 만나려는 것이 아니라 해룡상단 중경지부주를 만나려는 것인데 일이 옆으로 빠지고 있는 중이다.

이번에는 화운룡이 나서서 최대한 점잖게 말했다.

"금명루에서 왔소."

"배율현에 있는 금명루 말인가요?"

다행이 여무사는 금명루를 알고 있는 것 같으니까 얘기가 쉽게 풀릴 것 같았다.

"그렇소. 금명루에서 우리가 온다는 연락을 받지 않았소?"

그런데 기대하고는 달리 여무사가 고개를 가로저으며 단호하게 말했다.

"그런 연락 받지 못했어요."

해룡상단 총단주가 중경지부에 온다는 정보는 최고위 몇 명만 알고 있을 테니까, 지위가 호위무사 조장이라면 몰라도 이상한 일이 아니다.

*　　　　　*　　　　　*

화운룡은 일단 전문을 통과하기 위해서 여무사를 설득하기보다는 잠혼백령술로 제압하여 앞세우는 것이 좋겠다는 판단을 했다.

순간 그에게서 투명한 무형지기가 발출되어 여무사의 상체 스물일곱 군데 혈도를 미약하게 격타했다.

파파파팟……

여무사는 움찔하며 한 걸음 뒤로 물러섰다.

그러더니 다시 두 걸음 앞으로 다가들면서 오른손으로 어깨의 검을 잡으며 싸늘하게 외쳤다.

"내게 무슨 짓을 한 것이냐?"

잠혼백령술에 제압되면 잠자코 명령을 기다려야 하는데 여무사의 반응이 전혀 예상 밖이다.

그러나 화운룡은 잠혼백령술이 실패했을 것이라고는 생각

하지 않기에 여무사에게 명령했다.

"우릴 지부주에게 안내해라."

"무슨 헛소리냐?"

그런데 여무사가 차갑게 소리를 지르는 것으로 그치지 않고 호위무사들에게 명령했다.

"이자들을 잡아라!"

그러자 전문을 지키던 여섯 명의 호위무사들이 우르르 달려와서 일제히 검을 뽑는 것과 동시에 공격을 시작했다.

차차창!

호위무사들의 행동은 제대로 훈련받은 모양새지만 화운룡 일행에겐 오합지졸일 뿐이다.

화운룡은 어이없는 표정으로 여무사를 쳐다보았다. 어떻게 된 일인지 그녀에겐 잠혼백령술이 통하지 않았다. 말이 안 되는 일이다.

화운룡이 어이없는 얼굴로 여무사를 쳐다보고 있는 동안 자봉이 무형지기를 발출하여 수십 줄기 지풍으로 공격하는 여무사와 호위무사들의 마혈과 아혈을 제압했다.

파파파팟…….

여무사와 호위무사들은 공격하다가 뻣뻣해져서 그 자리에 둔탁하게 쓰러졌다.

그 광경을 목격한 전문으로 출입하던 사람들이 소스라치게 놀라서 우르르 흩어졌다.

그러더니 전문 안쪽에서 이번에는 십오륙 명의 호위무사들이 한꺼번에 몰려나왔다.

그런데 화운룡이 어떻게 하기도 전에 이번에도 역시 자봉이 무형지기를 발출하여 십오륙 명의 호위무사들을 한 명도 남기지 않고 모조리 쓰러뜨렸다.

"윽……."

"허윽……."

쿵… 쿠쿵….

화운룡은 전문 밖 땅에 어지럽게 쓰러져서 나무토막처럼 꼼짝도 하지 못하는 이십오륙 명의 호위무사들을 굽어보며 쓴웃음을 지었다.

그때 또다시 전문 안쪽에서 호위무사들이 달려오고 있는 광경이 보였다.

"봉령아, 그만해라."

"그럼 어떻게 하죠? 저들이 검을 휘두르는데 가만히 서 있다가 죽을 건가요?"

그 말도 맞다. 제아무리 초극고수라고 해도 상대의 검에 찔리면 죽을 수밖에 없다.

호신강기를 펼쳐서 물리칠 수도 있으나 그러면 더 큰 난리가 벌어질 것이 분명하다.

절정고수쯤 돼야지만 호신막을 전개하고, 호신강기는 초극고수라야 가능하기 때문이다.

화운룡은 야말과 히코 등을 돌아보았다.

"너희들은 잠시 물러나서 기다려라."

그러고는 전문으로 빛처럼 쏘아갔다.

"돌파하자."

슈우…….

화운룡은 쏘아가기 전에 바닥에 쓰러져 있는 호위무사 조장 여무사를 가볍게 안아 들었다.

화운룡과 옥봉, 자봉, 항아는 순식간에 전문을 통과하여 중경지부 안쪽 전각군 사이를 쏘아갔다.

안쪽에서 수십 명의 호위무사들이 쏟아져 나오고 있지만 화운룡 일행은 밤하늘 일 장 높이로 떠올라서 비조처럼 날아가고 있는 중이다.

반월형의 천선루 오른쪽 삼십여 장 거리에는 천선루 두 배쯤 되는 규모의 거대하기 짝이 없는 칠 층 전각이 어마어마한 위용을 드러내고 있다. 이곳이 바로 해룡상단 중경지부인 비룡각(飛龍閣)이다.

비룡각 칠 층 중경지부주의 거처에 세 사람이 모여 서 있으며 두 명의 여자와 한 명의 남자다.

두 명의 여자는 해룡상단 중경지부주와 천선루주다. 천선루주가 중경지부 부지부주를 겸임하고 있다.

"전서구에 총단주께서 언제쯤 이곳에 도착하실 거라는 내용은 없었나요?"

방금 하늘에서 하강한 듯한 선녀라는 표현이 가장 잘 어울리는 옷차림과 용모를 지닌 이십오륙 세 남짓의 천선루주가 초조한 표정을 감추지 못하고 옆의 이십 대 후반의 여인에게 말했다.

이십대 후반의 중경지부주가 고개를 살래살래 가로저으며 한숨을 호로록 내쉬었다.

"하아… 전서구에는 총단주께서 이틀 전 아침에 말을 타고 금명루를 출발하셨다는 것과 총단주의 용모파기를 적은 내용뿐이었어."

"이틀 전 아침에 출발하셨다면 오늘 밤이나 늦어도 내일 아침에 도착하시겠군요."

세 사람은 얼마나 긴장하고 있는지 앉지도 않고 탁자 옆에 서서 대화를 나누고 있다.

천선루주가 아스라한 표정을 지었다.

"총단주의 거룩하신 용안을 직접 뵈올 수 있게 되다니 나는 아직도 믿어지지 않아요."

중경지부주는 두 손을 맞잡고 감격 어린 표정을 지었다.

"나는 총단주께서 살아 계신다는 사실이 더 믿어지지 않아. 정말 꿈만 같아."

천선루주가 몹시 궁금한 듯 눈을 빛내며 물었다.

"언니는 총단주를 뵌 적이 있죠?"

중경지부주가 고개를 끄떡이고는 꿈을 꾸듯 아련한 표정으로 읊조리듯 말했다.

"그래. 해룡상단 총단에 갈 일이 있었는데 우연히 먼발치에서 총단주를 뵈었지."

"어떠셨어요?"

중경지부주는 두 손을 가슴에 모으고 시를 읊듯이 붉은 입술을 나풀거렸다.

"그 당시 총단주께선 최측근들과 함께 비룡은월문에서 해룡상단 총단 쪽으로 걸어오셨는데 먼발치에서 뵈었는데도 그분의 몸에서 찬란한 광채가 뿜어지는 것 같았어……."

중경지부주는 몸을 부르르 떨었다.

"그런데 그때 갑자기 총단주께서 우리에게 곧장 걸어오시는 게 아니었겠니?"

천선루주는 눈을 동그랗게 떴다.

"그래서요?"

이들 자매는 지금껏 수십 번도 더 나눈 대화를 처음 하는 양 호들갑을 떨었다.

"나중에 알게 됐는데, 총단주의 군사이신 장하문이란 분이 해룡상단 총회 때문에 천하의 지부주들이 총단에 모였다는 사실을 말씀드렸더니 총단주께서 대뜸 우리에게 오셔서 인사를 받으신 거야."

"아아… 어쩌면 좋아."

중경지부주와 천선루주는 친자매지간이다. 천선루주 오성(吳晟)은 언니 오경(吳慶)을 보며 자신이 총단주 앞에 선 듯한 착각마저 느끼며 몸을 떨었다.

그때 옆에 서 있던 중년 사내 즉, 중경지부주의 최측근이며 총관이 열띤 표정으로 말했다.

"총단주께서 그곳에 모여 서 있던 열다섯 명의 지부주들 손을 일일이 잡아주시면서 격려의 말씀을 해주셨습니다. 아아! 저는 총단주처럼 잘생긴 절세미남을 그때 이후로 한 번도 본 적이 없습니다. 더구나 그분의 일거수일투족은 얼마나 경건한지 보는 사람들을 압도하고 매료시켰습니다……!"

중경지부주 오경이 꿈을 꾸듯한 표정으로 말을 받았다.

"그 당시 총단주께선 비룡은월문 문주셨는데 비룡은월문을 춘추십패의 반열에 올려놓으셨을 뿐만 아니라 무림에서는 그분을 천하제일인이라고 부르는 사람들도 많았단다……!"

"그렇게나 훌륭한 분이 돌아가셨다는 소문을 들었을 때 해룡상단 사람치고 통곡하지 않은 사람이 없었어요. 저도 그 당시에 며칠씩이나 밥도 먹지 못하고 잠도 못자면서 허구한 날 울기만 했던지……."

오성은 그렇게 말하면서 눈물을 글썽거리다가 문득 생각난 듯이 물었다.

"그런데 본 단의 총단주는 다른 분이셨잖아요?"

총관 방태(邦太)가 대답했다.

"표면상으로는 큰누님이신 화문영 님께서 총단주의 직을 맡으셨지만 본 단의 모든 사람들은 마음속 깊이 비룡공자께서 총단주라고 믿고 있습니다."

"그건 저도 그래요."

척!

그런데 그때 별안간 문이 벌컥 열리자 세 사람은 부지중 그쪽을 쳐다보았다.

문이 활짝 열리고 화운룡을 필두로 옥봉과 자봉, 항아가 거침없이 안으로 들어섰다.

총관 방태가 대뜸 호통을 쳤다.

"웬 놈들이냐? 무엄하다!"

그러나 화운룡과 옥봉 등은 곧장 걸어와서 세 사람 앞에 멈추었다.

오경과 오성, 방태는 다들 일류고수 정도의 무공을 지니고 있으므로 즉각 공격 자세를 취했다.

그런데 그때 화운룡이 오경을 보며 반가운 표정을 지었다.

"너, 오경 아니냐?"

"……."

막 일 장을 발출하려던 오경은 흠칫하며 화운룡을 보다가 혼비백산하고 말았다.

"아아… 서, 설마 총단주께서……."

"하하하! 오경 너로구나! 네가 중경지부주였느냐?"

느닷없이 문을 벌컥 열고 불쑥 들어온 사람이 화운룡일 줄은 꿈에도 예상하지 못했던 오경은 그가 총단주라는 사실을 확인하고는 예를 취하는 것도 잊은 채 망연자실한 얼굴로 그를 바라보기만 했다.

오경은 따로 사석에서 화운룡을 만난 적이 없었다. 있다면 이 년여 전에 비룡은월문에서 열다섯 명의 지부주들과 다 함께 화운룡을 만났던 것이 전부다.

그런데 화운룡이 그녀의 이름을 정확하게 기억하고 있다는 사실에 경악과 감격이 범벅되어 정신이 혼미했다.

"아아… 총단주께서……."

화운룡은 오경의 어깨에 손을 얹었다.

"하하하! 반갑구나. 오경."

"총단주……."

오경은 예를 올리려고 쓰러지듯이 몸을 굽히다가 외려 가까이 서 있는 화운룡의 품에 안기고 말았다.

왼팔에 여무사 조장을 안고 있는 화운룡은 오른손으로 오경의 등을 다독거리며 웃었다.

"인석아, 이렇게나 내가 반갑다는 말이냐?"

"아아……."

정신이 없는 오경은 화운룡의 품에서 빠져나와 비틀거리면서 무릎을 꿇었다.

지켜보고 있던 오성과 방태 역시 소스라치게 놀라서 다급히 부복했다.

"총단주를 영접하지 못한 대죄를 저질렀습니다… 부디 용서하십시오……!"

화운룡은 납작하게 부복한 세 사람을 무형지기로 일으켰다가 자신의 앞에 나란히 세웠다.

"아아……."

화운룡의 갑작스러운 출현과 그가 보여준 신기에 놀란 오경과 오성, 방태는 정신이 하나도 없다.

아무리 그렇다고 해도 마혈과 아혈이 제압된 채 화운룡 왼팔에 허리가 안겨서 바닥을 보는 자세인 여무사 조장만큼 놀라지는 못했을 것이다.

화운룡이 하늘보다 열 배나 더 높다는 해룡상단 총단주인지도 모르고 온갖 실례와 무례를 범했으니 그녀로선 즉결 처분으로 목이 잘려도 할 말이 없다.

화운룡 좌우에 서 있는 옥봉과 자봉, 항아는 오경 등의 행동을 보면서 빙그레 미소만 짓고 서 있었다.

화운룡은 귀신을 본 듯 고개도 못 들고 서 있는 오경 등을 좀 풀어줘야겠다고 생각했다.

"경아."

"……."

화운룡이 설마 자신의 이름을 친근하게 부를 것이라고는 상상도 하지 못하는 오경은 그의 부름에도 고개만 숙이고 있을 뿐이다.

같이 고개를 숙이고 있는 방태가 팔꿈치로 오경의 어깨를 슬쩍 건드렸다.

"총… 단주께서 지부주를 부르십니다."

"응?"

그래도 오경은 정신을 차리지 못하고 고개를 숙인 자세에서 방태를 쳐다보았다.

"총단주께서 지부주를 부르셨습니다."

"아……."

오경은 깜짝 놀라서 급히 고개를 들고 화운룡을 쳐다보았다.

화운룡은 빙그레 미소 지었다.

"경아, 먼 길을 왔더니 배가 고프구나."

그는 오경을 마치 손녀처럼 대했다.

"아아… 잠시만 기다리십시오. 총단주……."

화들짝 놀란 오경이 문으로 쏜살같이 달려가자 화운룡이 덧붙였다.

"술을 잊어서는 안 되느니라."

화운룡은 여조장을 바닥에 앉히고는 자신은 탁자 옆의 의자에 앉으며 자봉에게 말했다.

"봉령아, 저 녀석 혈도를 풀어줘라."

"네. 봉아, 항아. 우리도 용공 옆에 앉자."

자봉이 대답하고는 옥봉 등과 함께 탁자 주위로 몰려가서 의자에 앉고 있는데 그녀가 발출한 무형지기가 여조장의 혈도를 풀어주었다.

"아……."

혈도가 풀려서 움직일 수 있게 된 여조장은 어떻게 저렇게 재빠른 동작을 취할 수가 있을까 감탄이 날 정도로 빠르게 바닥에 납작하게 부복했다.

"으으… 초… 총단주… 죽을죄를 졌습니다……."

"일어나라."

"어찌 감히……."

"봉령아, 저 녀석 일으켜라."

그의 말이 떨어지기 무섭게 여조장의 몸이 허공으로 둥실 떠올랐다가 저절로 몸이 쭉 펴졌다.

경악한 표정의 여조장이 아직 허공에 떠 있는 상태로 쳐다 보니까 화운룡과 옥봉, 자봉, 항아는 모두 탁자 둘레에 앉아 서 재미있다는 표정으로 자신을 바라보고 있지 않은가.

그런 네 사람을 보면서 여조장은 머리카락이 몽땅 빠질 정 도로 혼비백산했다.

'으으… 초극고수들이시다……'

이상한 느낌에 급히 아랫배에 힘을 주지 않았다면 여조장 은 오줌을 싸고 말았을 것이다.

너무 놀란 나머지 오줌을 지렸다는 말은 들은 적이 있지만 설마 자신이 그런 입장이 될 줄 꿈에도 몰랐다.

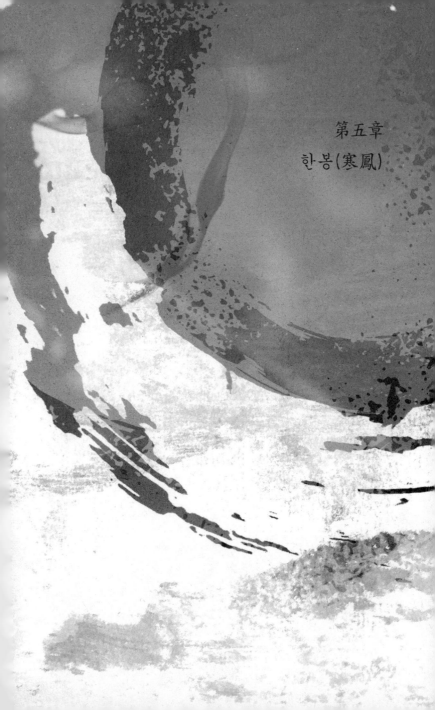

第五章

한봉(寒鳳)

화운룡은 정색을 하고 여조장에게 물었다.

"너 이름이 무엇이냐?"

조금 전에 자봉이 무형지기로 일으켜 세웠는데도 극도로 긴장한 여조장은 자꾸만 무릎이 꺾이는 것을 어쩌지 못하고 다시 털썩 무릎을 꿇고 말았다.

"소… 속하 한봉(寒鳳)이라고 합니다……."

"뭐라고?"

화운룡은 그녀의 이름이 '한봉'이라는 것에 움찔 놀랐는데 그녀는 그가 잘 듣지 못한 줄 알고 이마를 바닥에 대고는 벌

벌 떨면서 다시 아뢰었다.

"한봉입니다."

"그것이 네 본명이냐?"

"그… 렇습니다."

"누가 지었느냐?"

"아버지가 지어주었습니다."

한봉은 제정신이 아니어서 화운룡이 왜 이런 것을 캐묻는지 궁금할 겨를조차 없다.

"아버지는 살아 계시느냐?"

"그렇습니다."

"이리 오너라."

오경과 오성은 옆에 서서 지켜보며 화운룡이 어째서 일개 호위무사에게 그런 것들을 묻는지 궁금했지만 감히 물어볼 엄두가 나지 않았다.

한봉은 일어나서 조심스럽게 화운룡에게 다가갔다.

그러나 그녀가 세 걸음쯤 거리를 두고 멈추자 화운룡이 손짓을 했다.

"가까이 와라."

한봉이 쭈뼛거리자 오경이 으름장을 놓았다.

"냉큼 총단주께 가까이 다가가지 못하겠느냐?"

"아…….."

한봉은 화들짝 놀라서 얼른 화운룡에게 다가갔다.

슥…….

화운룡이 손을 뻗어 한봉의 손목을 잡자 그녀는 움찔 놀라 몸이 굳었다.

한봉의 손을 잡은 화운룡은 마치 얼음을 손에 쥔 것 같은 느낌을 받았다.

그 정도로 그녀의 손은 차가웠다. 그렇다면 몸도 차가울 것이다. 극음지체(極陰之體)가 분명하다.

그는 진지한 표정으로 그녀를 진맥하기 시작했다.

아무도 입을 열지 않고 호기심 어린 표정으로 그 광경을 지켜보았다.

이윽고 한봉에게서 손을 뗀 화운룡의 얼굴에는 적잖은 놀라움이 떠올랐다.

'역시 사봉 중에 한봉이 맞다. 혈맥이 일반 사람들하고는 판이하게 다르고 선봉하고 비슷하다. 혈맥뿐만이 아니라 체질까지 비슷하다.'

한봉은 숨도 쉬지 못할 만큼 극도로 긴장해서 화운룡만 뚫어지게 주시하고 있다.

그때 총관 방태가 들어와서 옆방에 요리를 차려놨다고 알려주었다.

화운룡은 일어나서 옆방으로 가며 한봉에게 말했다.

"한봉, 너도 가자."

"소… 속하가 말입니까?"

화운룡은 더 말하지 않고 옆방으로 향했다.

화운룡과 옥봉, 자봉, 항아가 식탁에 자리를 잡고 앉자 오경과 오성, 방태, 한봉은 한쪽에 일렬로 시립했다.

옥봉이 그들에게 미소 지으며 말했다.

"그대들도 앉으세요."

오경 등은 소스라치게 놀라 마구 손을 저었다.

"천부당만부당하신 말씀입니다. 저희들이 어찌 감히……."

옥봉은 차분하게 말했다.

"용공께서 아주 싫어하시는 것 중에 하나가 식사할 때 누가 옆에 서 있는 거예요."

"아… 죄송합니다."

오경이 화들짝 놀라서 모두를 이끌고 나가려는데 옥봉의 말이 그들의 뒷덜미를 붙잡았다.

"나가는 것은 더 싫어해요."

"……."

오경 등은 나가려다가 멈춰서 그 자리에 얼어붙어 어쩔 줄을 몰랐다.

"지위 고하를 막론하고 모두 자리에 앉아서 함께 식사하는 것을 가장 좋아하시죠."

"그… 렇습니까?"

"보세요. 용공께서 식사를 하지 않으시잖아요? 그대들이 모두 앉아야지만 용공께서 식사를 하실 거예요."

옥봉의 말인즉 오경 등이 계속 서 있으면 화운룡이 식사를 하지 않을 것이라는 뜻이다. 오경과 오성, 방태는 어렵사리 화운룡 맞은편에 앉았지만 한봉은 크게 당황하여 안절부절못했다.

중경지부에서 호위무사 열 명을 거느리는 말단 조장 신분인 한봉으로서는 오경과 오성, 방태만 해도 하늘 같은 존재라서 평소에 감히 쳐다보지 못한다.

그런 오경과 오성조차도 감히 쳐다보지 못하는 총단주 화운룡과 같은 식탁에 앉아서 식사를 하다니, 한봉은 죽으면 죽었지 그렇게는 못할 것 같았다.

"한봉, 너에게 할 말이 있으니까 앉아라."

화운룡이 온화하게 말하자 한봉은 바닥에 납작하게 부복하며 울음을 터뜨렸다.

"차라리 죽여주십시오……!"

화운룡만이 아니라 이 자리에 있는 모든 사람들이 한봉의 지금 심정을 충분히 이해했다.

화운룡은 일어나서 한봉을 번쩍 안아 들었다.

"아아……."

한봉은 버둥거리지도 못하고 부복한 자세 그대로 화운룡에게 안겼다가 의자에 앉혀졌다.

화운룡은 자신의 자리에 앉아서 맞은편에 앉은 한봉을 보며 미소 지었다.

"먹자."

화운룡 등은 대화를 하면서 먹고 마시는데 맞은편에 꼿꼿한 자세로 앉은 오경 등은 요리가 코로 들어가는지 입으로 들어가는지 모를 정도로 긴장했다.

화운룡은 옥봉의 실종 때문에 하루도 술을 마시지 않은 날이 없었던 탓에 술꾼이 됐다. 그는 오늘도 어김없이 술을 마셨다.

"이것도 드셔보세요."

화운룡 오른쪽에 앉은 옥봉은 예전에 비룡은월문 운룡재에 살 때 그랬듯이 맛있는 요리를 그의 앞에 놔주거나 아니면 입에 넣어주며 살뜰하게 시중을 들었다.

오경 등은 비로소 화운룡의 절세적인 준수함과 옥봉의 천하절색의 미모를 가까이에서 보게 되어 넋을 잃고 바라보느라 그러지 않아도 먹는 둥 마는 둥 하는 식사였는데 아예 젓가락을 내려놓고 말았다.

화운룡 왼쪽에 앉은 항아와 그 옆 자봉의 미모도 경국지색이라서 한번 바라보면 눈을 뗄 수가 없을 지경이다.

오경과 오성의 미모도 중경에서 손가락에 꼽을 정도지만 옥봉이나 자봉, 항아에겐 한 수 양보할 수밖에 없다.

"술 받아라."

"앗!"

화운룡이 술주담자를 내밀자 오경은 혼비백산했다.

술잔을 쥐고 있는 오경의 두 손이 바들바들 떨려서 술이 마구 쏟아졌다.

화운룡은 술 한 잔을 따라주고 나서 오경에게 말했다.

"한봉을 내게 다오."

"무슨 말씀이신지……."

오경은 영문을 모르고 어리둥절했고, 당사자인 한봉은 눈을 커다랗게 떴다.

"말 그대로다. 네 수하인 한봉을 내게 달라는 말이다."

오경은 고개를 깊이 숙였다.

"해룡상단 휘하의 전원은 총단주의 수하인데 그런 말씀은 감당하기 어렵습니다."

"한봉은 내 수하이기 전에 네 수하다. 그러니까 너에게 부탁하는 것이다."

오경은 고개를 깊이 숙였다.

"한봉을 총단주께 드리겠습니다."

"고맙다."

모두들 화운룡이 어째서 한봉을 달라고 했는지 궁금한 얼굴로 그를 주시했다.

화운룡은 정신이 하나도 없는 표정의 한봉을 쳐다보았다.

"한봉, 너 내 제자가 되지 않겠느냐?"

"……."

너무 놀란 한봉은 헉! 소리를 내며 눈을 더 크게 뜰 뿐 대답을 하지 못했다.

화운룡은 더 말하지 않고 한봉이 대답할 때까지 기다렸다.

한참이 지나서야 한봉이 마른침을 삼키고 나서 조심스럽게 입을 열었다.

"어째서 저 같은 것을……."

"너는 선천적으로 무골(武骨)을 타고났다."

"옛?"

"사룡과 사봉의 전설에 대해서 들어본 적이 있느냐?"

"들어본 적이 없습니다."

그때 오경이 조심스럽게 말했다.

"사룡과 사봉은 만약 같은 시대에 세상에 나타난다면 그들 여덟 명이 힘을 모아 난세를 구할 것이라는 전설을 들은 적이 있습니다."

"사룡과 사봉이 무엇인지 아느냐?"

오경은 기억을 더듬었다.

"사룡은 묵룡(墨龍), 반룡(蟠龍), 광룡(狂龍), 혈룡(血龍)이고 사봉은 한봉(寒鳳), 미봉(美鳳), 선봉(仙鳳), 요봉(妖鳳)이라고 알고 있습니다."

화운룡은 고개를 끄떡였다.

"정확하다."

그는 한봉을 가리켰다.

"내가 진맥해 본 결과 한봉이 바로 전설의 사봉 중에 한 명인 것이 분명하다."

"아아……."

화운룡은 술주담자를 한봉 앞에 놓았다.

"너 주담자 안의 술을 얼려봐라."

"네에?"

한봉이 당황하자 화운룡은 고개를 끄떡였다.

"너에게 그런 능력이 있다는 것을 알고 있다. 괜찮으니까 술을 얼려봐라."

한봉은 아무에게도 말하지 않은 자신만의 비밀을 화운룡이 알고 있다는 사실에 놀랐다.

머뭇거리던 한봉은 결심한 듯 손을 뻗어 술주담자의 몸통을 손바닥으로 감싸듯이 잡고는 눈을 감았다.

쩌쩡!

그런데 채 세 호흡이 지나기도 전에 술주담자가 큰 소리를 내면서 금이 쩍쩍 가면서 깨져 버렸다.

"앗!"

"아!"

오경과 오성, 방태는 크게 놀라 탄성을 터뜨렸다.

옥봉과 자봉, 항아도 신기한 얼굴로 깨진 술주담자와 한봉을 번갈아 쳐다보았다.

옥으로 만든 술주담자는 산산조각 나서 깨졌는데 그 안에 반쯤 담겼던 술이 고스란히 꽁꽁 얼었다.

화운룡은 당황해서 어쩔 줄 모르는 한봉을 보면서 적잖이 감탄했다.

"허어… 너는 내가 생각했던 것보다 훨씬 강한 극음지체인 것 같구나."

한봉은 어렸을 때부터 어떤 물체든지 한 번 손으로 잡든가 몸이 닿은 상태에서 정신을 집중하면 얼려 버리는 능력을 지니고 있었다.

그래서 그녀의 집 안에는 남아나는 물건이 없었으며 철이 들기도 전부터 그녀는 자신의 능력을 감추고 매사에 물건을 얼려 버리지 않도록 조심할 수밖에 없었다.

그녀의 부모는 그것이 능력이 아닌 병이라고 여겨서 가난한 살림에도 불구하고 여러 용하다는 의원을 찾아가 봤지만 병을 고치지 못했다.

화운룡은 한봉을 보며 강조하듯 말했다.

"너는 사봉 중에 한 명이며 장차 도탄에 빠진 천하를 구하게 될 것이다."

한봉은 눈을 커다랗게 뜨고 화운룡을 바라보았다.

"물론 네가 내 제자가 되었을 때에만 가능한 일이다. 왜냐하면 내가 너의 극음지체를 일깨우고 무공을 가르쳐야지만 진정한 사봉의 한봉이 될 것이기 때문이다."

"아아……."

"너는 예전의 내 별호가 무엇인지 알겠느냐?"

"무엇입니까……?"

화운룡이 옥봉에게 물었다.

"봉애, 내 별호가 무엇이었지?"

"십절무황이었죠."

"아아… 정말입니까?"

한봉은 크게 놀라서 벌떡 일어섰다.

화운룡은 고개를 끄떡였다.

"네가 왜 놀라는지 안다. 네 부모가 너를 낳기 전에 내 꿈을 꾸었을 것이다."

"그, 그렇지만 아버지가 꿈속에서 뵌 분은 신선 같은 용모였습니다."

"손을 내밀어라."

화운룡은 한봉의 손을 잡고 심지공을 일으켜서 자신의 미래 십절무황 모습을 보여주었다.

"아아……."

동그랗게 눈을 뜨고 있는 그녀는 맞은편에 젊은 화운룡이 아닌 백발과 백염이 성성한 선풍도골 십절무황의 모습을 보고 탄성을 터뜨렸다.

화운룡은 한봉의 손을 놔주었다.

"네 아버지가 꿈속에서 본 십절무황이 아마 그런 모습이었을 것이다."

한봉은 고개를 크게 끄떡였다.

"아버지가 말씀하신 바로 그 모습입니다……!"

화운룡이 사봉 중에 처음 만난 사람은 선봉이었다.

항주 사도철의 모친인 선봉은 자신의 선천적인 체질을 전혀 모르고 있다가 화운룡을 만나 제자가 된 후에 사봉의 선봉으로 새롭게 태어났다.

"어머니께서 저를 잉태하셨을 때 아버지께서 수차례 똑같은 꿈을 꾸셨는데 꿈속에서 자신을 무황(武皇)이라고 밝힌 백발백염의 노인이 말씀하시기를, 장차 딸을 낳으면 이름을 '봉' 외자로 지으라고 하셨다는군요. 꿈속에서 그 백발백염의 노인이 어떤 날은 자신을 무황이라고 소개하기도 하고 또 어떤 날은 십절(十絶)이라고 소개하기도 했답니다."

선봉의 말대로라면 미래의 화운룡이 선봉 부친 선유근의 꿈에 현몽하여 계시를 내렸다는 뜻이다.

그런가 하면 한봉 부친의 꿈에도 현몽하여 계시를 한 것이 분명하다.

"내가 네 아버지 꿈에 현몽하여 태어날 여자아이의 이름을 봉이라 지으라고 계시한 것이다."

"아아… 그러셨군요……."

한봉은 크게 감격하여 눈물을 글썽거렸다.

화운룡은 미래의 십절무황 즉, 자신이 사룡과 사봉을 과거에 점지했을 것이라고 확신했다.

선봉과 한봉의 부친이 꾼 꿈속에 십절무황이 똑같이 현몽한 것이 그 증거다.

한봉은 화운룡이 어째서 일개 조장인 자신을 지부주의 거처에 데리고 왔으며 또한 진맥을 하고 식탁에 앉혔는지 이유를 비로소 알게 되었다.

긴 식사가 끝난 후에 화운룡 등은 자리를 옮겼다.

넓은 실내에 화운룡과 한봉이 마주 보며 서 있으며 다른 사람들은 양쪽에 역시 마주 보는 자세로 서 있다.

한봉은 심장이 너무 심하게 뛰어서 가슴을 뚫고 튀어나오려는 것을 간신히 참으며 크게 심호흡을 했다.

이어서 화운룡에게 천천히 큰절을 올렸다.

"제자 한봉 사부님을 뵈옵니다……!"

그녀의 목소리가 와들와들 떨렸다.

한봉은 도합 아홉 번 큰절을 올리고 화운룡 앞에 무릎 꿇고 앉았다.

화운룡의 조용하면서도 경건한 목소리가 실내를 울렸다.

"한봉을 제자로 거둔다."

평소 중경지부 호위무사들 사이에서 빙마녀(氷魔女)라고 불릴 정도로 눈물을 흘리지 않았던 한봉이지만 지금 이 순간 울컥! 하고 감동이 치밀어 또다시 눈시울이 붉어졌다.

"일어나라."

화운룡은 일어선 한봉을 데리고 옆방으로 들어갔다.

한봉은 벌거벗은 나신이 되어 바닥에 누워 있고 그 옆에 화운룡이 단정한 자세로 앉았다.

한봉은 극음지체였던 까닭에 무공의 진전이 매우 더뎠으며 그래서 현재 고작 오십 년 공력을 지니고 있다.

전설의 사봉 중에 한봉이면서도 극음지체를 단점으로 여겨서 그 벽을 넘어서지 못했던 탓이다.

그래도 그녀는 호위무사로서 상급에 속하는 편이다.

화운룡은 한봉에게 다섯 종류의 혜택을 줄 예정이다.

첫 번째로 그녀의 극음지체를 활성화시킬 것이고, 그다음에는 생사현관의 타통, 그리고 탈태환골과 벌모세수, 마지막으로 그녀의 신체를 신공체질로 만들어줄 것이다.

두 시진 후에 화운룡 혼자서 방을 나왔는데 조금 피로한 모습이다. 한봉을 붙잡고 다섯 가지 시술을 하느라 두 시진 동안 고군분투했기 때문이다.

탁자에 둘러앉아 차를 마시면서 담소를 나누고 있던 옥봉과 자봉, 항아가 발딱 일어나 화운룡에게 다가갔다.

옥봉이 화운룡의 손을 잡고 탁자의 의자로 이끌었다.

"애쓰셨어요."

옆에 서 있는 항아는 눈을 반짝거리면서 옥봉이 화운룡에게 하는 말과 행동을 유심히 지켜보았다.

항아는 옥봉의 허락하에 화운룡의 두 번째 부인이 되었다.

아직 정식으로 혼인식을 올리거나 합방을 하진 않았지만 옥봉이 허락을 했고 화운룡이 인정했으므로 두 번째 부인이나 다름이 없는 신분이다.

항아에게 부모나 자매들이 있었다면 혼인식과 합방을 앞둔 그녀에게 중요한 조언을 해줄 테지만 안타깝게도 그녀는 혈혈

단신 외톨이다.

그래도 자상하고 따스한 성품의 옥봉이 그녀 곁에 있어서 얼마나 다행인지 모른다.

더구나 항아에게 옥봉은 첫째 부인이라서 언니로 모셔야 하면서도 배울 점이 한두 가지가 아니다.

옥봉이 화운룡에게 하는 말과 행동을 보면 살아서 움직이는 한 권의 지침서 같았다.

화운룡에게 하는 그녀는 말 한마디, 행동 하나까지도 흠 잡을 곳이 없이 완벽했다.

그래서 항아는 옥봉의 모든 것을 배우기로 마음먹었다. 특히 옥봉이 화운룡에게 어떻게 하는지를 배우는 것은 무엇보다도 중요한 일이다.

옥봉은 화운룡 옆에 찰싹 붙어 앉아서 그의 손을 끌어다가 자신의 허벅지에 얹고 손등을 부드럽게 쓰다듬는데 무척이나 자연스러웠다.

"따뜻한 차 좀 드시겠어요?"

"그럴까?"

옥봉은 저만치에 대기하고 있는 하녀에게 무슨 차를 어떤 식으로 우려서 내오라고 상세하게 지시했다.

그러고는 차가 나오기를 기다리는 동안 옥봉은 두 주먹으로 화운룡의 어깨를 콩콩 두드리며 안마를 해주었다.

"어깨가 뭉친 것 같아요."

"아아… 시원하군……."

화운룡은 눈을 감고 상체를 뒤로 누이며 기분 좋은 탄성을 자아냈다.

옆에 바싹 붙어 선 향아는 그런 광경을 매의 눈으로 놓치지 않고 주시했다.

'음… 저렇게 류 니쨩의 손을 허벅지에 올리고 그의 어깨를 안마하느라 엉덩이를 들썩거리면 류 니쨩의 손이… 아아! 이건 정말 중요한 대목이라서 적어야겠는데?'

옥봉은 화운룡의 어깨를 두드리기도 하고 주무르기도 하면서 애교 섞인 목소리로 물었다.

"한봉은 순조로웠나요?"

"음, 신공체질까지 해주었어."

화운룡은 비몽사몽인 듯 혼곤하게 대답했다.

옥봉은 눈을 조금 크게 떴다.

"그렇다면 한봉의 공력이 삼백 년쯤으로 급증했겠군요?"

"한봉이 극음지체라서 삼백오십 년이 됐어."

"아… 그런가요?"

옥봉이 안마를 하면서 들썩거려서인지 아니면 화운룡이 의도적으로 그랬는지 손이 자꾸 깊은 곳으로 스며들었지만 두 사람은 전혀 개의치 않았다.

항아는 화운룡의 손이 몹시 신경 쓰여서 거기에서 시선을 떼지 못했다.

마치 그의 손이 자신의 몸 어딘가에 닿은 것 같아서 자꾸만 옴찔거렸다.

화운룡이 낮게 코를 골면서 잠이 들자 옥봉은 배시시 미소를 지으며 그를 조심스럽게 부축해서 일으켰다.

"용공, 일어나서 침상으로 가요."

"어어……."

항아는 옥봉이 화운룡을 부축하여 침실로 들어가는 모습을 물끄러미 바라보았다.

옥봉과 화운룡이 들어가고 침실의 문이 닫혔지만 항아는 시선을 거두지 못했다.

"뭘 보고 있는 거야?"

"아……."

자봉이 슬쩍 어깨를 건드리자 항아는 깜짝 놀랐다.

항아는 닫힌 문을 보면서 약간 멍한 얼굴로 중얼거렸다.

"두 분 이제부터 뭘 할까요?"

"하긴 뭘 해? 자겠지."

"정말 잘까요?"

자봉은 한 박자 늦게 항아의 말뜻을 알아차리고는 깜짝 놀라서 얼굴이 붉어졌다.

"음… 잘 모르겠지만 어쨌든 저들은 부부니까 부부로서의
소임을 다하겠지……."

"소임이라는 게 뭔데요?"

자봉은 항아가 눈을 반짝거리면서 자신을 바라보자 발끈
해서 괜히 역정을 부렸다.

"그걸 내가 어떻게 알아? 가서 잠이나 자!"

화운룡이 아침 늦게 잠에서 깼을 때까지도 한봉은 방에서
나오지 않았다.

화운룡과 옥봉 등이 아침 식사를 하려고 식탁으로 가고 있
을 때 오경이 공손히 보고를 했다.

"지시하신 대로 모셔 왔습니다."

"잘했다."

한봉이 제자가 되었으니까 그녀의 부모를 모셔 오라고 오경
에게 지시했었다.

"현 내에서 좌판을 하고 있었습니다."

"한봉이 외동딸이지?"

"그렇습니다."

"사는 것은 어떻더냐?"

"한봉이 본 지부의 호위무사가 된 것이 삼 년 전인데 그동안
녹봉을 모아서 중경 현 내에 허름한 집을 사서 고향에서 남의

땅을 부치며 소작인을 하던 부모를 중경으로 불러왔습니다."

삼 년치 녹봉을 꼬박꼬박 모아서 고향에서 고생하는 부모를 자신이 있는 중경으로 불러오다니 생각보다 한봉은 효녀인 모양이다.

"두 사람은 어디에 있느냐?"

"옆방에 계십니다."

"모셔 와라. 같이 식사해야겠다."

오경은 깜짝 놀랐다가 공손히 허리를 굽혔다.

"분부 받듭니다."

오경은 한봉의 부모가 화운룡과 함께 식사를 한다는 사실에 놀랐으나 한봉이 화운룡의 제자가 됐다는 사실을 떠올리고는 곧 납득했다.

화운룡과 옥봉 등이 식탁에 둘러앉아 있을 때 오경이 오십 대 평범한 옷차림의 중년 부부를 데리고 들어왔다.

화운룡이 일어나자 옥봉 등도 모두 일어나서 오십 대 부부 즉, 한봉의 부모를 맞이했다.

한봉의 부친 한중기(寒仲基)는 중키에 순박해 보이는 전형적인 시골 사람 모습이고 모친은 곱상한 얼굴에 두려움이 가득 떠올라 있었다.

그들은 마치 도살장에 끌려가는 소처럼 얼굴에 불안함과

초조함이 가득했다.

화운룡이 포권을 하면서 미소 지으며 먼저 인사를 했다.

"소생은 화운룡입니다."

한중기 부부는 이미 오경에게 한봉이 화운룡의 제자가 되었으며 화운룡이 어떤 인물인지에 대해서 설명을 들었다.

오경은 화운룡이 천하제일인에 천하제일부자이며 황제보다 더 대단한 존재이므로 그런 분의 제자가 된 한봉은 하루아침에 팔자가 폈다고 한껏 설레발을 피워놓았다.

해룡상단의 중경지부주가 천하에서 가장 권세가 높고 강한 줄로만 알고 있는 한중기 부부에게 오경이 덧붙이기를, 자신은 화운룡의 그림자조차 밟지 못하는 하찮은 존재라고 누누이 강조했다.

그런 화운룡이 자신을 낮추면서 깍듯하게 인사를 하자 한중기 부부는 황송해서 어쩔 줄을 몰랐다.

화운룡은 한중기의 손을 잡았다.

"소생이 봉아를 제자로 거두었습니다."

한중기는 황망하여 어쩔 줄을 모르다가 무심코 화운룡을 보고는 갑자기 멍한 표정을 지었다.

자신이 알고 있는 누군가와 화운룡이 몹시 닮았기 때문인데 그게 누군지 금세 기억이 나지 않았다.

화운룡의 지금 이 모습에서 오륙십 년 후에 십절무황이 될 테니까 낯익은 모습인 것이 당연하다.

화운룡은 한중기를 잡은 손으로 심지공을 주입하면서 자신의 십절무황 모습을 떠올리게 했다.

"아아……."

한중기는 비로소 화운룡이 자신의 꿈에 현몽했던 무황이기도 하고 십절이기도 한 신선이라는 사실을 알아보고 혼비백산한 표정을 지었다.

화운룡은 빙그레 미소 지었다.

"내가 당신의 꿈속에 현몽하여 태어날 딸의 이름을 봉이라 지으라고 했었습니다."

"아아… 그렇습니다……."

격동하여 어쩔 줄 모르는 한중기를 보고 모친은 비로소 화운룡이 누군지 깨닫게 되어 졸도할 정도로 혼비백산했다.

"관세음보살… 나무아미타불……."

화운룡 등이 한중기 부부와 함께 식사를 하고 있을 때 한봉이 방에서 나왔다.

화운룡이 한봉에게 신공체질 변환에 심지공으로 무극사신공까지 전수해 주었기에, 그녀는 세 시진 동안 줄기차게 운공조식을 하고 무극사신공의 구결을 몇 번이나 곱씹으며 반추하고서 이제야 나온 것이다.

한봉이 선천적인 극음지체이기 때문에 화운룡은 그녀가 무극사신공을 극음지기로 전개할 수 있도록 구결을 전환해서 주입시켜 주었다.

한봉은 자신이 하루가 채 지나기도 전에 공력이 오십 년에서 무려 삼백오십 년으로 급증했다는 사실을 몇 번이나 운공조식으로 확인해 보고서도 좀체 믿어지지가 않았다.

방을 나선 그녀는 몇 걸음 걷다가 몸이 깃털보다 더 가벼우며 걷는 것이 아니라 마치 미끄러지는 것 같아서 크게 놀라 걸음을 멈추었다.

"아아……"

"봉아, 이리 오너라."

한봉은 화운룡 목소리가 들려온 곳으로 급히 들어오다가 부모를 발견하고 그 자리에 멈추었다.

"아버지! 어머니!"

한봉은 설마 이곳에 부모가 앉아 있을 줄은 꿈에도 예상하지 못했다.

"어떻게 여기에 온 거예요?"

한봉이 부모에게 묻는데 화운룡이 대답했다.

"내가 모셔 왔다."

"사부님께서……"

"우선 앉아라."

한봉이 모친 옆에 앉자 화운룡이 설명했다.

"이제부터 봉아 너는 나를 따라다녀야 하기 때문에 중경에서 부모님을 돌볼 수가 없게 될 것이다."

"아……."

한봉은 거기까지 미처 생각하지 못했었다.

"네 부모님을 총단으로 모실까 하는데 네 생각은 어떠냐?"

"거기는 어딘가요?"

"남창이다. 내 큰누나 가족이 살고 있으니까 네 부모님께 소홀하지 않을 게다."

자신의 부모가 해룡상단 총단에서 살게 되다니 한봉으로선 꿈도 꿔본 적이 없는 일이다.

화운룡이 한봉 부모에게 설명했다.

"장차 일이 끝나면 나와 봉아도 총단으로 돌아갈 것이니까 그곳에서 지내도록 하십시오."

한봉 부모는 일어나서 연신 굽실거렸다.

"어이구… 소인들에게까지 은혜를 베풀어주시니 몸 둘 바를 모르겠습니다……!"

한봉은 고개를 숙인 채 굵은 눈물만 뚝뚝 흘렸다.

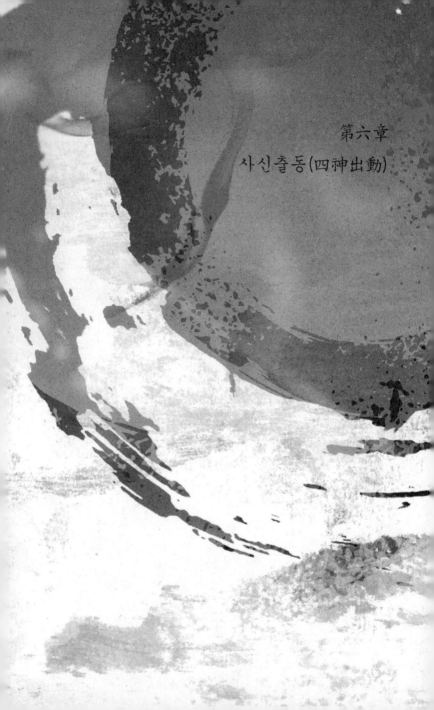

第六章

사신출동(四神出動)

"야말, 대묘붕을 부를 수 있느냐?"

"부를 수 있습니다."

화운룡의 말에 야말은 고개를 숙이며 대답했다.

"불러라."

야말은 비룡각에서 나와 중경지부 내의 인공가산 꼭대기로 올라가 품속에서 호각을 꺼내 불었다.

삐이이— 삐이— 삐삐이이—

길게, 그리고 짧게 다섯 호흡에 걸쳐서 호각을 분 후에 하늘을 쳐다보며 대묘붕을 기다렸다.

비룡각에서 화운룡이 오경에게 지시했다.

"황산파에 다녀올 사람이 필요하다."

오경은 깜짝 놀랐다.

"강소성 남쪽 장강 너머의 황산파 말입니까?"

"그렇다."

오경은 재빨리 머릿속으로 계산하고는 말했다.

"여기에서 황산파까지는 아무리 빨리 다녀와도 족히 이십일 이상 걸릴 것입니다."

"이틀이면 다녀올 수 있다."

"……."

"황산파를 찾아갈 수 있는 사람이면 된다."

중경에서 황산파까지 직선거리로 사천오백여 리 왕복 구천여 리 머나먼 길을 이틀 만에 다녀올 수 있다는 말에 오경은 입이 굳어버렸다.

"황산파를 알 만한 사람이 없는 것이냐?"

"있기는 있습니다만……."

"있으면 데려와라."

오경은 전전긍긍한 모습이고 그 옆에 서 있는 오성과 방태도 마찬가지다.

그들의 상식으로는 도저히 불가능한 일을 화운룡이 지시하고 있는 것이다.

"그렇지만 이틀 만에 황산파까지 다녀올 수 있는 사람은 없습니다만……."

화운룡은 답답했다.

"내가 다녀올 수 있게 하겠다."

"대체 총단주께서 어떻게……."

새파란 나이의 화운룡은 괜찮은데 올해 팔십육 세가 된 십절무황은 참을성이 없다.

"인석아! 데려오라는데 무슨 말이 많은 것이냐?"

철썩!

"앗!"

오경은 화운룡에게 볼기를 한 대 얻어맞고서야 불에 덴 것처럼 화들짝 놀라서 손으로 엉덩이를 쓰다듬으며 급히 방을 나갔다.

천선루주 오성과 방태는 이 순간의 화운룡이 마치 노인 같다는 착각에 빠져서 멍한 얼굴로 그를 바라보았다.

화운룡은 오경의 볼기를 때리고 나서야 자신이 노인네의 행태를 보였다는 사실을 깨달았다.

그는 요즘 들어서 자신이 이십이 세 청년인지 팔십육 세 노인인지 헷갈릴 때가 종종 있는데 지금이 그렇다. 하지만 상관하지 않는다.

화운룡은 일행과 함께 중경지부 내의 장강 쪽 끄트머리에 있는 인공가산 꼭대기로 올라갔다.

지상에서 삼십여 장 높이의 가산 정상 평평한 곳에 올랐을 때 오경과 오성, 방태 등은 소스라치게 놀랐다.

그곳에 날개를 접고 우뚝 서 있는 거대한 새, 대묘붕을 보았기 때문이다.

대묘붕 옆에 있던 야말과 굴락이 화운룡에게 공손히 허리를 굽혔다.

"일전에 동절내신군 각하께서 내어주셨던 대묘붕입니다."

화운룡은 고개를 끄떡이고 나서 대묘붕의 목을 쓰다듬으며 오경 등에게 설명했다.

"이 녀석은 대묘붕이라고 하는 전설의 신조(神鳥)인데 하루에 족히 오천 리를 날 수 있다."

"아……."

오경 등은 괴물처럼 거대한 대묘붕에게서 눈을 떼지 못하고 놀랐다.

아마 이들이 대묘붕보다 두 배 더 크고 용처럼 생긴 가루라를 본다면 기절초풍할 터이다.

화운룡이 오경에게 넌지시 물었다.

"어떠냐?"

오경은 얼굴을 붉히며 고개를 숙였다.

"죄송합니다."

그녀는 아까 한 대 얻어맞은 엉덩이가 또다시 화끈거리는 것을 느꼈다.

화운룡은 오경이 데리고 온 경험이 풍부하다는 중년의 사내에게 물었다.

"이름이 뭐냐?"

중년 사내는 공손히 허리를 굽혔다.

"병창(炳彰)입니다."

"직급이 무엇이냐?"

"중경지부 호위삼대주입니다."

오경이 설명했다.

"본 지부에는 열 개의 호위대가 있습니다."

화운룡은 고개를 끄떡였다.

"임무를 완수하고 돌아오면 네가 원하는 것을 들어주겠다. 무엇을 원하느냐?"

병창은 크게 놀라는 표정을 짓더니 조금 머뭇거리면서 조심스럽게 말했다.

"악양에 있는 가족을 데려오고 싶습니다."

"왜 여태 데려오지 못했느냐?"

"부모님과 아내와 자식들까지 여덟 명 대가족이라서 엄두가 나지 않았습니다."

화운룡은 오경을 쳐다보았다.

"들었느냐?"

오경이 생긋 미소 지었다.

"병창이 다녀오면 가족이 살 집을 마련해 주고 상금으로 은자 천 냥, 녹봉을 두 배로 올려주겠어요."

"아아……."

병창은 자신의 귀를 의심할 정도로 놀라고 기뻐했다.

화운룡은 병창의 어깨를 두드렸다.

"서찰을 반드시 명림이라는 여자에게 전해야 한다. 그것이 네 임무다."

"목숨을 걸고 완수하겠습니다."

병창이 힘차게 대답했다.

이윽고 야말과 굴락. 병창이 탄 대묘붕이 힘차게 하늘로 날아올랐다.

파아아!

화운룡은 황산파에서 아미파의 재건을 돕고 있는 명림과 손설효, 선봉 세 사람을 불렀다.

이곳에는 화운룡과 옥봉, 자봉, 항아, 한봉이 있으며 그녀들은 최정예 중에서도 정예다.

그리고 이틀 후에 명림과 손설효, 선봉이 와서 합류하여 도합 여덟 명이 되면 능히 천군만마 이상의 막강한 위력을 발휘하게 될 것이다.

어쩌다 보니까 화운룡을 제외하고는 일곱 명이 모두 여자들이지만 비룡은월문이 멸문한 이런 상황에는 남녀를 가릴 시기가 아니다.

일곱 여자 중에서 손설효가 가장 약하며 두 달 전에 이백삼십 년 공력이었다.

화운룡이 태자천심운을 전수했으니까 그동안 공력이 삼사십 년 증진됐다면 이백육십 년쯤 됐을 것이다.

화운룡은 중경지부에서 하루를 더 지내기로 했다.

사신출동(四神出動)의 시기가 도래했다고 판단한 것이다.

그는 천황파가 천여황을 죽이고 천하를 피바다로 만들기 전에 천중인계의 지존으로서 전설의 네 가문 사신천가를 소집하려고 한다.

그는 미래에서도 사신천가를 소집한 적이 없었다. 백호뇌가하고는 우연한 기회에 알게 되어 개인적인 친분을 나누었을 뿐이지 사신천제로서 백호뇌가를 움직여서 무엇인가를 도모한 적이 없다.

그래서 과연 사신천가가 얼마만 한 세력과 실력을 지니고 있는지 대강이라도 알지 못한다.

현재 화북대련이 얼마나 세력을 규합했는지 모르지만, 화운룡이 최측근과 사신천가만으로 만에 하나 천황파를 무찌르지 못했을 경우의 사태에 대비하여 화북대련을 최후의 보루로 삼아야 할 것이다.

어쨌거나 지금으로선 천여황을 찾아내서 천신국에 있는 그녀의 세력을 모아 천황파에 대항해야 한다.

말하자면 천신국의 세력으로 천신국을 싸우게 만드는 것이다.

어차피 화운룡은 애초부터 천황파와 전쟁을 치를 계획 같은 것은 없었다.

우두머리인 천황 좌호법과 그의 추종자들을 제거하면 전쟁은 일어나지 않을 것이다.

그게 최선책이고 가장 효율적이다. 그렇게 해야지만 중원이든 천신국이든 피해를 최소화할 수 있다.

백호뇌가의 가주 소진청의 딸 홍예가 화운룡을 따르다가 동태하의 싸움에서 죽은 것 때문에 소진청과 염교교 부부에게는 면목이 없다.

그래도 어쩔 수가 없다. 화운룡은 천중인계의 창시자인 무극선인과 사부 솔천사의 유지를 받들어 사신천가를 발동하여 천하대란을 막아야만 한다.

화운룡이 항아에게 물었다.

"치메 쨩. 천여황을 찾을 수 있겠느냐?"

항아가 히코와 아오메를 불러서 물었다.

"천여황을 찾을 수 있겠지?"

히코가 공손히 허리를 굽혔다.

"가능할 겁니다."

히코는 일만오천 명 부상무사와 부상인자들의 총대장이다.

"찾아라."

부상국 인자의 추적술은 가히 신적이라서 중원 무림하고는 근본적으로 다르다.

부상국에서는 인자들이 찾지 못하는 것은 귀신도 찾지 못한다는 말이 나돌고 있다.

"명을 받듭니다."

히코는 절을 올리고 밖으로 나갔다.

조금 전에 화운룡은 항아에게 따로 볼일이 있어서 그녀만 불렀었다.

"치메 쨩, 날 따라와라."

화운룡이 침실로 향하고 항아가 따르는 것을 보고, 아오메가 깜짝 놀라서 급히 달려가 앞을 막았다.

"주군, 잠시 기다리세요."

화운룡에 의해서 미래의 기억을 찾게 된 아오메는 미래에 그랬듯이 그를 주군이라고 부른다.

아오메는 화운룡과 항아를 탁자 쪽으로 인도했다.

"두 분께서 잠시 차라도 마시면서 앉아 계시면 그동안 제가 침실을 정돈하겠습니다."

화운룡과 항아는 아오메가 왜 그러는지 이해하지 못하고 어리둥절한 표정을 지었다.

"왜 그러느냐?"

아오메는 진지한 얼굴로 대답했다.

"그래도 명색이 첫날밤 신방인데 침실을 조금쯤은 꾸며야 하지 않겠어요?"

'첫날밤 신방'이라는 말에 항아의 얼굴이 능금처럼 붉어졌다.

아오메는 화운룡을 곱게 흘겼다.

"주군께서 소공녀와 첫날밤을 대충 보내시려고 하시다니 너무하셨어요."

"아오메."

아오메는 화운룡이 항아를 데리고 침실에 들어가려는 것을 두 사람이 첫날밤을 보내려는 것으로 오해를 했다.

사실 화운룡은 공력이 일체 없는 항아의 신체를 살펴보고 그녀에게 맞게 변화를 꾀해보려는 계획을 갖고 있었다.

화운룡이 뭐라고 하기도 전에 아오메는 두 사람에게 차를

드리라고 하녀에게 지시하고는 서둘러 침실에 들어갔다.

십칠 세 소녀 항아는 너무도 부끄러워서 아무 말도 못하고 의자에 앉아서 고개를 깊이 숙인 채 옷자락만 만지작거리고 있을 뿐이다.

화운룡은 이래서는 안 되겠다 싶어서 침실에 들어가 아오메를 말릴 생각이다.

사십삼 세의 아오메는 항아가 젖먹이 때부터 그녀에게 젖을 물려서 키웠으므로 거의 부모나 다름이 없다.

그때 침실로 걸어가는 화운룡을 옥봉이 전음으로 불렀다.

[용공, 잠시 저 좀 봐요.]

옥봉은 화운룡을 조용한 곳으로 불러서 그의 손을 잡고 다정하게 전음으로 말했다.

[용공, 오늘밤에 항아와 초야를 치르세요.]

"무슨 소리야?"

화운룡이 깜짝 놀라서 육성으로 낮게 소리치자 옥봉은 섬섬옥수로 급히 그의 입을 막았다.

[용공은 항아를 사랑하시죠?]

[그건…….]

화운룡은 움찔했다가 곧 진지한 표정을 지었다.

[내겐 봉애 한 사람뿐이야. 치메 쨩을 마음에 두고 있는 것은 사실이지만 마음을 정리할 수 있어.]

[용공.]

[치메 쨩에게는 내가 알아듣도록 타이를 테니까 치메 쨩하고의 혼인 문제는 없었던 일로 해.]

옥봉은 크게 놀랐다.

[어쩌시려는 거예요?]

[내가 알아서 한다니까?]

옥봉은 화운룡의 두 손을 잡고 차분한 표정을 지었다.

[소녀와 이어지지 않았던 미래에 용공께서 사랑한 여자가 항아였지요?]

[…….]

[대답하세요.]

화운룡은 옥봉이 이런 식으로 자신을 몰아붙이는 것을 처음 보는 터라 조금 당황했다.

[그건 그래.]

[용공은 미래의 감정과 과거인 현재의 감정이 각각 다른가요? 그걸 분리할 수 있어요?]

[…….]

[소녀는 못해요. 어찌 사람의 감정을 따로 분리할 수 있다는 말인가요?]

[그렇지만…….]

[용공께서 소녀를 더 많이 사랑하시는 것 잘 알아요. 그리

고 미래에 용공께서 수십 년 동안 항아를 사랑하셨던 것도 충분히 짐작할 수 있어요.]

화운룡이 두 손으로 옥봉의 양 뺨을 감싸고 조용한 목소리로 말했다.

[나한테 방법이 있어.]

무슨 생각을 했는지 옥봉은 깜짝 놀랐다.

[용공, 설마…….]

옥봉은 단호한 표정을 지었다.

[절대 잠혼백령술로 용공을 사랑하는 항아의 감정을 지운다거나 마음을 바꿔놓으면 안 돼요.]

정곡을 찔린 화운룡은 찔끔했다.

[사랑의 감정은 성스럽고 숭고한 거예요. 그것을 용공께서 무슨 권한으로 마음대로 없애고 바꾼다는 건가요? 정말 그렇게 하신다면 그건 소녀가 용서할 수 없어요.]

[봉애.]

화운룡은 옥봉이 지금처럼 단호하고도 정색을 하는 모습을 한 번도 본 적이 없었다.

*   *   *

"후우……."

화운룡은 얼굴로 흘러내리는 땀을 닦아내면서 길게 한숨을 토해냈다.

그는 미래에 이십오 년 동안이나 향아와 한 지붕 아래에서 살았지만 그녀의 나신을 보는 것이나 몸에 대해서 이렇게 자세히 알게 된 것은 처음이다.

"치메 쨩."

"……"

화운룡이 불렀지만 향아는 대답하지 않고 눈을 꼭 감은 채 미동도 하지 않았다.

화운룡은 한 시진에 걸쳐서 향아의 생사현관을 타통하고 탈태환골, 마지막으로 벌모세수를 시켜주었다.

향아가 부상국의 무술을 배운 탓에 공력을 지니고 있지 않더라도, 인간이기 때문에 생사현관 타통이나 탈태환골, 벌모세수를 하면 신체가 근본적으로 최상의 상태가 될 것이라는 게 화운룡의 생각이다.

이제 향아를 신공체질로 변환해 주는 것이 남았는데 화운룡은 그녀가 어떤 무술을 어떤 식으로 연마했는지 모르기 때문에 그걸 알고 나서 시도하려고 향아를 부른 것이다.

"일단 닦자."

화운룡은 향아가 부끄러워서 그런 것이라 여기고 조금 전에 아오메가 가져다 놓은 커다란 물통에 가득 담긴 따뜻한 물에 부드러운 헝겊을 적셨다.

나신으로 반듯하게 누워 있는 항아는 벌모세수를 하는 과
정에 체내에 있던 찌꺼기 즉, 끈끈하고 시커먼 액체가 땀구멍
을 통해서 배출한 탓에 온몸이 진흙탕에 뒹군 것처럼 엉망이
고 악취가 풍겼다.

스슥… 슥…….

화운룡이 따뜻한 물에 적신 헝겊으로 몸 구석구석을 닦아
주는데도 항아는 꼼짝도 하지 않은 채 눈을 감고 있었다.

항아는 화운룡이 자신의 가슴이나 은밀한 부위를 닦을 때
움찔거리기만 할 뿐 꼼짝도 하지 않았다.

이윽고 몇 번이나 닦아서 깨끗해진 항아의 새하얗고 눈부
신 나신이 드러났다.

십칠 세 소녀라고 하기에는 꽤나 성숙하고 미끈한 몸매다.

화운룡은 헝겊을 내려놓고 다시 말문을 열었다.

"치메 쨩, 이제부터 중요한 시술을 하려는데 내가 알아야
할 것이 있다."

항아가 어떤 종류의 무술을 어떤 식으로 연마해서 체내에
무엇을 축적했는지 알아야지만 거기에 맞는 신공체질 변환이
가능하다.

그런데도 항아는 눈을 뜨지 않고 아무 말도 하지 않았다.

"치메 쨩, 왜 그러는 거지?"

"다 들었어요."

항아가 갑자기 모래에 물이 스며드는 것처럼 소곤거리듯이 부상어로 입을 열었다.

화운룡은 의아한 표정을 지었다.

"뭘 다 들어?"

항아는 여전히 눈을 뜨지 않고 말했다.

"류 니쨩이 옥봉 언니하고 나눈 얘기 말이에요."

아까 옥봉이 화운룡을 불러냈을 때 두 사람은 전음으로 대화를 했었는데 설마 항아가 그걸 들었다는 것인가?

"류 니쨩을 사랑하는 제 마음을 지워 버릴 거예요?"

"치메 쨩……"

화운룡은 깜짝 놀랐다. 설마 했는데 항아는 그와 옥봉이 전음으로 나눈 대화를 들은 것이 분명하다.

놀라운 일이지만 항아에게는 전음을 엿듣는 특별한 재주가 있는 것 같았다.

"제 마음을 지울 거라면 무엇 하러 미래의 기억을 저에게 심어준 건가요?"

비로소 눈을 뜬 항아의 커다란 눈에서 맑은 눈물이 방울방울 흘러내렸다.

"제발 제 마음을 지우지 마세요. 류 니쨩을 이십오 년 동안이나 사랑했으면서도 그런 기억이 깡그리 사라진 채 살아간다면 얼마나 비참하겠어요."

화운룡은 말문이 막혀서 가만히 있었다.

"만약 옥봉 언니에게서 류 니쨩에 대한 기억을 다 없애 버
린다면 어떻겠어요. 옥봉 언니가 류 니쨩을 사랑했었던 감정
을 모두 잃은 채 살아가도 류 니쨩은 괜찮겠어요?"

그런 생각은 해본 적이 없었는데 만약 정말로 그런 일이 일
어난다면 화운룡은 절망에 빠질 것이고 속이 뒤집혀서 미치
고 말 것이다.

"류 니쨩이 팔십사 세까지 산 노인이라면 저는 류 니쨩 곁
에서 칠십이 세까지 살았던 할망구예요. 저를 어린 열일곱 살
짜리라고만 생각하면 곤란해요."

또다시 항아가 화운룡을 깨우쳐 주었다. 그렇다. 화운룡이
미래에서 팔십사 세까지 살다가 과거로 온 노인이라면, 항아
역시 칠십이 세까지 화운룡 곁에서 살다가 부상국으로 가서
죽은 노파인 것이다.

그러므로 항아를 십칠 세 소녀 취급하는 것은 좋지 않다는
사실을 일깨워준 것이다.

항아는 더 이상 말하지 않았고 화운룡은 잠시 침묵을 지키
다가 고개를 숙였다.

"치메 쨩, 미안하구나."

"진심으로 사과하는 건가요?"

화운룡은 진심으로 미안한 표정을 지었다.

"그래. 내가 너무 내 생각만 했었다. 정말 미안하다. 그걸 이제야 알다니 나는 바보였다."

항아는 눈물이 가득 고인 눈으로 그를 바라보았다.

"그렇다면 이제부터 류 니쌍이 저를 어떻게 대해야 할지 아시겠어요?"

"……."

항아의 표정은 애절했다.

"우린 이십오 년 동안이나 같이 살면서 서로 사랑했던 사이였어요. 하지만 류 니쌍은 끝내 저를 외면했고 저는 눈물을 흘리며 당신을 떠나 부상국으로 돌아갔다가 고향 땅을 밟지도 못하고 죽었지요."

"음."

화운룡은 또다시 매우 중요한 한 가지 사실을 깨달았다.

미래에 그는 옥봉을 짝사랑하면서도 그녀하고는 절대로 맺어질 수 없는 상황이었다.

그렇다면 그 사실을 깨끗하게 인정하고 다른 길을 선택했어야만 했다.

그런데 그는 그러지 못하고 이루어질 수 없는 옥봉에게만 목을 맨 채 제 운명을 스스로 갉아먹은 것으로도 모자라서 그를 사랑하는 여러 여자들, 특히 그가 진심으로 사랑했던 항아의 가슴에 피멍이 들게 만들었다.

그러므로 그것은 명백한 자기기만이고 항아에게는 죄를 지은 것이다.

"저는 한평생 당신만 가슴에 안고 살았어요."

"치메 쨩……."

화운룡은 더 이상 물러날 곳이 없음을 깨달았다.

"흐흐흑……."

그는 또 깨달았다. 항아가 자신 앞에서 우는 모습을 처음 보이고 있다는 사실을.

이른 새벽에 항아는 눈을 떴다.

그녀는 눈을 깜빡거리면서 아직 컴컴한 천장을 잠시 동안 바라보았다.

막 잠에서 깨어난 그녀의 머릿속으로 어젯밤에 있었던 일들이 새록새록 떠올랐다.

화운룡은 그녀에게 생사현관 타통과 탈태환골, 벌모세수, 마지막으로 신공체질 변환을 시켜주었다.

그리고 나서는 그녀를 소녀에서 성숙한 여자로 만들어주었다.

항아는 지난밤에 화운룡의 여자가 되었다. 이십오 년 동안 그토록 갈망했던 소원이 지난밤에 이루어진 것이다.

그 보상을 해주려는 듯 화운룡은 정말 열렬하고도 뜨겁게 그녀를 사랑해 주었다.

항아는 고개를 조금 돌리고 옆에서 자고 있는 화운룡의 얼굴을 바라보았다.

곤한 잠에 빠져 있는 화운룡의 잘생긴 얼굴을 바라보는 그녀의 입가에 수줍은 미소가 살포시 떠올랐다.

그리고 어제보다 몇 배나 그를 사랑하게 되었다는 사실을 깨달았다.

참 신기한 일이다. 더 이상 측량할 수 없을 만큼 그를 사랑하고 있는 줄 알았는데, 오늘 아침에는 그보다 몇 배나 더 그를 사랑하게 되었다. 이런 걸 보면 사랑이란 측량할 수 없는 것이 분명했다.

이제 이 잘생긴 남자가 자신의 남편이라는 생각을 하자 항아는 가슴이 터질 것처럼 행복했다.

슥…….

그녀는 화운룡이 깨지 않게 조심하면서 침상을 빠져나와 바닥에 내려섰다.

실오라기 한 올 걸치지 않은 눈부신 나신인 그녀는 사뿐사뿐 몇 걸음 걸어가서 실내 한가운데 바닥에 책상다리를 하고 앉았다.

그녀는 어젯밤에 화운룡이 시술해 주는 대로 잠자코 따르기만 했었다.

그렇기 때문에 자신의 신체에 어떤 변화가 일어났는지 아직까지 알지 못했다.

그녀는 책상다리 자세 그대로 눈을 감고 빠르게 몰아의 세계로 깊이 빠져들었다.

중원 무림에서는 운공조식이라고 하지만 부상국 무사나 인자들은 심법 수련을 하지 않기 때문에 공력을 축적하지 않으므로 명상(冥想)에 잠기는 것으로 대신한다.

부상국 무사와 인자들은 공력 대신에 다른 것을 사용하는데 그것을 명적(冥積)이라고 한다.

심법이 아닌 직접 무술을 수련하는 것으로, 보통 십 년 동안 연마하면 하나를 쌓았다는 뜻의 일적(一積)이라 하고 이십년이면 이적(二積)이라는 식이다.

이 무술 공부의 최고 단계는 이십적(二十積)이며 더 이상 오를 곳이 없다.

부상국 역사 이래 거기에 도달한 사람은 아무도 없다고 하며 만약 거기에 도달하면 풍운조화(風雲造化)를 부릴 수 있다고 한다.

항아는 명상에 잠긴 지 이각 만에 눈을 떴다.

그녀는 흑백이 또렷한 눈을 깜빡거렸다.

'도대체 나는 몇 적이 된 거지?'

화운룡에게 몸을 맡기기 전에 항아의 명적은 팔적(八積)이었으며 그 정도로 부상국에서 적수를 찾아보지 못했었다.

분명히 그녀보다 뛰어난 실력자들이 존재했겠지만 실제로 만난 적은 없었다.

명상에 잠겨보면 자신의 가슴에 몇 겹의 명적이 쌓였는지 알 수가 있는데 항아는 이각 동안의 명상으로도 그것을 알아내지 못했다.

그러나 몸과 마음은 그 어느 때보다도 가볍고 상쾌했다. 이런 기분은 생전 처음이다.

그래서 그녀는 화운룡이 그 요란을 떨더니 그녀의 심신을 가볍고 상쾌하게 만들어준 것이라고 생각했다.

항아는 아까 침상에서 내려올 때도 그랬는데, 옷을 갈아입고 또 침실 밖으로 나가는 동안 줄곧 아랫배와 하체에 은은한 통증을 느꼈다.

사랑의 흔적이다. 지난밤에 화운룡과 항아의 사랑이 결실을 맺은 증거이기도 하다.

밖으로 나온 항아를 제일 먼저 맞이해 준 사람은 유모이자 그림자인 아오메다.

그녀는 수다스럽게 설레발을 피우지 않고 언제나 그렇듯이 푸근한 미소를 지었다.

"편안히 주무셨어요, 아가씨?"

항아가 화운룡과 첫날밤을 보낸 것을 알고 있을 텐데도 아오메는 평소와 다름없는 아침 인사를 했다.

항아가 맞이하는 오늘 아침의 모든 것들은 어제하고는 전혀 다르게 보였다.

사랑하는 남자의 여자가 되어 맞이한 새로운 아침이기 때문일 것이다.

실내의 커다란 탁자 둘레에 화운룡 일행이 앉아서 차를 마시고 있다.

화운룡이 기다리고 있는 것은 천여황의 소재다. 그녀가 첫 단추이기 때문이다.

그녀의 소재가 파악돼야 행동을 개시할 테고, 이후 그녀를 만나서 대세를 의논하는 것이 첫 번째다.

화운룡은 옥봉의 조언을 받아들여 천여황을 아직은 죽이지 않기로 마음먹었다.

어쩌면 대승적 차원에서 천여황을 죽이지 않게 되는 상황이 발생할 수도 있겠지만, 그렇게 되더라도 그녀를 죽이는 것에 연연하지 않을 생각이다.

화운룡 좌우에는 옥봉과 항아가, 그리고 옥봉 옆에 자봉, 항아 옆에 한봉이 앉아 있다.

모두들 침묵을 지키면서 차를 마시며 생각에 잠겨 있다.

"총단주."

그때 오경이 급히 들어오는데 손에는 접힌 종이가 쥐어져 있다. 돌돌 말린 것으로 봐서 전서구의 서찰인 것 같았다.

오경은 거의 달리듯이 들어와서 화운룡에게 두 손으로 공손히 종이를 내밀었다.

"부상무사들이 보낸 전서구입니다."

오경은 전서구가 가져온 서찰을 읽지 않고 가져온 것이다.

화운룡은 급히 말린 종이를 펼쳤다.

그러고는 서찰을 읽어 내려가던 그의 얼굴에 엷은 미소가 떠올랐다.

"천여황을 찾았다."

모두들 우르르 일어섰다.

"드디어 찾았군요!"

화운룡은 항아의 어깨에 손을 얹었다.

"정말 천여황을 찾아낸 것이라면 네 수하들 능력은 대단한 것이다."

항아는 배시시 미소 지었다.

"서로 잘하는 분야가 있는 거죠."

항아는 여자가 되더니 겸손해진 것 같다.

옥봉이 궁금한 듯 물었다.

"그녀는 어디에 있나요?"

"그게……."

옥봉은 화운룡의 씁쓸한 표정을 보고 더욱 궁금해졌다.

"그녀가 어디에 있는데 그래요?"

화운룡은 조용히 중얼거렸다.

"비룡은월문."

*   *   *

화운룡 일행은 이번에는 명림 등을 데리러 간 야말과 굴락, 대묘붕을 기다렸다.

천여황이 태주현 비룡은월문에 있다는 사실을 진작 알았더라면 명림 등을 데리러 야말과 굴락을 황산파에 보내지 않았을 것이다.

비룡은월문과 황산파의 거리는 오십여 리밖에 되지 않으니까 말이다.

그렇다고 화운룡 일행이 이곳에서 태주현으로 출발한다면 지금쯤 이곳으로 부지런히 오고 있을 명림 등과 중간에 어긋날 수가 있다.

명림 등은 대묘붕을 타고 지상에서 수백 장 높이 창공을 날고 있을 텐데 지상에서 달리는 화운룡 일행을 발견하는 것은 불가능한 일이다.

또한 서로 중간에 만난다고 해도 대묘봉이 오늘 저녁이나 늦어도 내일 오전이면 도착할 텐데 화운룡 일행이 지금 서둘러서 출발해 봐야 몇백 리밖에 가지 못할 것이다.

"용공, 술 드실 건가요?"

점심 식사 시간이 다가오자 옥봉이 다정한 미소를 지으며 화운룡에게 물었다.

그가 어째서 애주가가 되었는지 잘 알게 된 옥봉이지만 혹시 그가 낮에도 술을 마시려는지 묻는 것이다.

"좋지."

화운룡이 벌쭉 웃자 옥봉이 생긋 미소 지었다.

"좋죠?"

"뭐가?"

화운룡은 옆에 찰싹 달라붙어 앉아 있는 항아의 손을 만지작거리면서 의아한 얼굴로 되물었다.

옥봉의 시선이 항아에게 향하자 화운룡은 그제야 그녀가 묻는 의도를 깨달았다.

"아……."

그는 또다시 벌쭉 웃었다.

"좋지 뭐."

그는 지금 자신의 기분을 솔직하게 말했다. 묻는 상대가 옥봉이라는 사실을 염두에 두지 않았다.

그럴 수밖에 없다. 십칠 세 어린 항아의 풋풋함에 푹 빠져버렸기 때문이다.

옥봉이 묻는 의도를 알아차린 항아는 화운룡에게 잡힌 손을 살며시 빼고는 얼굴을 붉히며 고개를 숙였다.

그제야 화운룡은 설핏 깨닫는 것이 있어서 머쓱한 표정으로 옥봉을 쳐다보았다.

"술 준비할 테니까 식사하러 오세요."

옥봉은 부드러운 미소를 지으며 말하고는 돌아섰다.

화운룡은 자신이 항아를 노골적으로 좋아하는 광경을 보고서도 질투는커녕 따뜻하게 미소 짓는 옥봉을 보고 심장에 비수를 찔린 것 같았다.

그는 항아에게 점잖게 말했다.

"치메 쨩, 봉애 언니만큼 좋은 여자는 천하에 둘도 없으니까 앞으로 봉애 언니 말씀 잘 들어라."

"네!"

항아는 목청껏 씩씩하게 대답했다.

옥봉은 뒤돌아보면서 곱게 화운룡을 흘겼다.

"아유… 저 능청."

파아아!

대묘붕은 이백여 장 상공을 쏘아낸 화살보다 더 빠른 속도
로 날아가고 있다.

대묘붕 위 평평한 등 부위에는 가루라보다는 조금 작고 아
담한 움막이 지어져 있으며 그 안에 화운룡 일행 열한 명이
앉아 있다.

화운룡은 한쪽에 연군풍과 둘이 덩그렇게 앉아 있고 그 옆
에 조금 떨어져서 여자 일곱 명이 자기들끼리 모여 앉아 수다
를 떠느라 정신이 없다.

명림은 정말 오랜만에 옥봉과 자봉을 만나서 반가움에 눈
물을 펑펑 쏟으면서 쌓인 이야기를 나누었다.

더구나 명림과 옥봉, 자봉은 지난 일 년 반 사이에 생사를
넘나드는 파란만장한 일들을 숱하게 겪었으므로 이 만남이
예사로울 수 없는 것이다.

그런데도 그녀들을 자신들을 구해준 당사자인 화운룡을 저
만치 제쳐놓고 자기들끼리만 만남의 기쁨을 한껏 누리느라 정
신이 없다.

손설효와 선봉은 오늘 이 자리에서 옥봉과 자봉을 처음 보
는 것이다.

또한 항아와 한봉은 명림, 손설효, 선봉을 처음 만나는 것
이지만, 일곱 여자들은 조금도 어색해하지 않고 채 반시진이

지나기도 전에 친해져 버렸다.

둘 다 화운룡의 제자인 이십삼 세의 한봉과 사십삼 세의 선봉은 손을 마주 잡고 '사저'라느니 '사매'라느니 서로를 정답게 부르며 좋아했다.

두 여자는 나이 차이가 스무 살이나 나는데도 화운룡의 제자라는 공통점이 있는 데다 선봉이 워낙 철이 없고 순진무구한 성품이라서 한봉은 그녀가 어머니뻘이라는 사실을 조금도 인식하지 못했다.

일곱 여자들은 옥봉을 중심으로 모여 있다. 그녀들 중에서 옥봉의 신분이 가장 높으며, 어린 나이인데도 이해심이 많고 좌중을 매끄럽게 이끄는 능력이 있기 때문이다.

옥봉이 손설효를 보면서 미소 지었다.

"그대는 나하고 동갑이니까 앞으로 격의 없이 친구처럼 지내도록 해요."

"주, 주모……! 어찌 그런 말씀을……."

손설효는 크게 놀라서 급히 무릎을 꿇었다. 그녀는 미래에 화운룡이 얼마나 옥봉을 그리워했었는지 너무도 잘 알기에 감히 옥봉 앞에서 숨도 크게 쉬지 못했다.

손설효는 원래 냉정하고 과묵한 성격이라서 어려서부터 친구가 거의 없었다.

그런 손설효를 잘 아는 명림이 미소 지으며 말했다.

"효보보야, 주모께서 하신 말씀은 그만큼 허물없이 가깝게 지내자는 뜻이야."

손설효는 미래에 무황십이신 중 한 명으로서 명림과 그녀의 언니 명상하고는 수십 년 동안 친하게 지냈다가 과거인 현재에 상봉하여 더욱 친해졌다.

옥봉은 무릎 꿇고 고개를 조아리고 있는 손설효의 손을 잡아 일으켜 주었다.

"앞으로 내 앞에서는 무릎을 꿇지 않았으면 좋겠어요."

"주모……."

손설효는 처음에 옥봉에게 인사를 올릴 때 그녀가 너무도 아름다워서 감히 똑바로 쳐다보지도 못했다.

그런데 지금 이렇게 손까지 잡으면서 다정하게 대해주니까 몸 둘 바를 몰랐다.

옥봉이 이번에는 선봉을 불렀다.

"이리 가까이 오세요."

선봉은 깜짝 놀라서 무릎걸음으로 급히 옥봉 앞에 다가와서 고개를 숙였다.

"부르셨습니까, 사모(師母)."

옥봉이 사부인 화운룡의 부인이기에 선봉과 한봉은 그녀를 사모라고 부른다.

옥봉은 양손으로 손설효와 선봉의 손을 하나씩 나누어 잡고 다정하게 말했다.

"두 분 용공을 많이 도와주세요."

손설효와 선봉을 즉시 고개를 숙였다.

"명을 받듭니다!"

야말과 굴락은 움막의 앞쪽 대묘붕의 목 부위가 시작되는 곳에 앉아서 대묘붕을 조종하고 있으면서 한 번도 뒤돌아보지 않았다.

두 사람은 황산파에서 명림과 손설효, 선봉을 데리고 오면서 그녀들과 화운룡이 무슨 관계일지 궁금했으나 지금껏 입도 벙긋하지 않았다. 두 사람이 화운룡을 하늘처럼 믿고 따르기 때문이다.

옥봉은 모두를 자신의 앞쪽으로 모이게 한 후에 옆에 앉은 항아의 손을 잡고 소개했다.

"이 사람은 용공의 이 부인이에요."

여자들은 처음에는 그게 무슨 말인지 몰라서 어리둥절한 표정으로 항아를 바라볼 뿐이었다.

옥봉이 다시 말했다.

"용공께서 이 사람을 부인으로 맞이하셨어요. 그러니 여러분은 저를 대하듯이 이 사람을 대하도록 하세요."

"아……."

누군가의 입에서 나직한 탄성이 흘러나왔다.

그러고는 모두의 시선이 뚝 떨어져서 앉아 있는 화운룡에게 집중되었다.

명림과 손설효, 선봉은 물론이고, 지금껏 중경지부에서 함께 지냈던 자봉과 한봉도 이 사실을 처음 알게 되어 경악하며 화운룡을 바라보았다.

화운룡은 얼굴이 무척이나 따가워서 여자들 쪽을 외면한 채 딴청을 피웠다.

"인사해요."

옥봉의 말에 항아가 긴장된 표정과 꼿꼿한 자세로 차분하려고 애쓰면서 말문을 열었다.

"항아예요. 잘 부탁해요."

"아!"

"앗!"

그러자 가까이 앉아 있던 명림과 손설효가 펄쩍 뛰듯이 놀라며 비명을 터뜨렸다.

명림과 손설효는 마치 귀신을 본 것 같은 표정으로 항아를 보며 물었다.

"설마 부상국의 소공녀 항아라는 말이야?"

"치메 쨩! 그래! 치메 쨩이었어!"

항아는 두 사람을 보며 환하게 미소 지었다.

"대랑(大娘), 설효 언니, 저 항아 맞아요."

명림과 손설효는 기절할 정도로 혼비백산했다.

"아아… 어떻게 이런 일이……."

"치메 쨩이 돌아오다니……."

미래에 항아를 치메 쨩이라고 부른 사람은 두 명이 있었으며 화운룡과 명림뿐이었다. 두 사람이 그만큼 항아하고 친했다는 뜻이다.

손설효는 무황십이신의 한 명으로서 이십오 년 동안 항아와 함께 지냈지만 그다지 친하지는 않았었다.

차가운 성격의 손설효는 항아뿐 아니라 어느 누구하고도 친하지 않았었다.

명림과 손설효가 항아를 처음 만난 것은 그녀가 화운룡의 수하가 되어 무황성에 들어왔을 때였다.

그 당시 항아는 사십칠 세였으며 명림은 육십육 세, 손설효는 오십 세였다. 세 여자 모두 세상의 쓴맛 단맛 두루 맛본 중년의 나이였다.

항아는 자신보다 열아홉 살이나 많은 명림을 대랑이라고, 세 살 많은 손설효를 언니라고 불렀다.

부상국에서 부모를 잃고 중원에서 오랫동안 살아온 항아는 명림을 어머니처럼 여겨서 대랑이라고 부른 것이다. 대랑이라는 호칭은 큰어머니 혹은 아주머니를 뜻한다.

명림과 손설효가 미래에서 만난 항아는 사십칠 세였는데

지금 눈앞에 있는 항아는 아직 얼굴에서 젖살도 빠지지 않은 뽀얗고 풋풋한 십칠 세 어린 소녀인 것이다.

명림이 두 손으로 항아의 뺨을 어루만지며 감격했다.

"아유… 치매 쟝이 이렇게 예뻤구나……! 살결이 뽀얗고 너무 부드러워서 아기 같아……!"

항아는 명림의 품에 안기면서 그녀의 가슴에 얼굴을 묻고 눈물을 흘렸다.

"저는 아까부터 대랑을 알아보고 얼마나 반가웠는지 몰라요. 이게 꿈인지 생시인지 꿈만 같아요……."

명림은 자상하게 항아의 등을 쓰다듬었다.

"그래. 우리는 어렵게 다시 만났으니까 이제부터는 잘 지내도록 하자꾸나."

자봉이 톡 끼어들어 명림을 일깨워 주었다.

"우호법, 그분은 용공의 이부인이에요."

"아……."

명림이 깜짝 놀라서 항아를 품에서 떼어냈다.

그러자 항아가 눈물 젖은 얼굴로 배시시 미소를 지었다.

"괜찮아요, 대랑. 예전처럼 절 대해주세요."

명림이 화운룡을 쳐다보자 그도 마침 이쪽을 쳐다보다가 두 사람의 시선이 마주쳤다.

명림은 그를 살짝 흘기며 전음을 보냈다.

[여보, 당신은 미래에 항아를 그렇게나 사랑하면서도 주모를 짝사랑하느라 받아들이지 않더니 이제야 소원을 풀었군요. 퍽이나 좋겠어요.]

화운룡은 항아가 전음을 듣는 능력이 있기에 명림에게 말조심하라고 눈을 껌뻑거리고 항아를 가리키는 눈짓을 보냈다.

그러나 명림은 그 의미를 알아차리지 못하고 계속 전음으로 종알거렸다.

[여보, 저는 다음 생에서나 당신 여자가 될 수 있을까요?]

화운룡은 어이없는 얼굴로 명림을 외면해 버렸다.

항아가 눈을 동그랗게 뜨고 명림에게 부상인자만의 전음 수법인 묵언(默言)으로 말했다.

항아가 눈을 동그랗게 뜨고 명림을 바라보며 물었다.

[대랑도 류 니쌍의 여자였어요?]

"……."

[그럼 대랑이 류 니쌍의 두 번째 부인인가요?]

명림은 항아가 입도 벙긋하지 않는데 자신의 머릿속에 새겨지듯이 말이 전해지는 사실에 아연실색했다.

그제야 그녀는 조금 전 화운룡이 왜 그런 표정을 지었는지 깨달았다.

명림이 쳐다보자 화운룡은 그럴 줄 알았다는 표정으로 어깨를 으쓱거렸다.

쏴아아!

세차게 비가 내리고 있지만 대묘붕 등판의 움막에는 지붕이 있기에 비를 맞을 일은 없다.

대묘붕은 커다란 날개를 펄럭이면서 여전히 빠른 속도로 비행하고 있다.

야말은 황산파에 한 차례 다녀왔기 때문에 어렵지 않게 대묘붕을 몰아 태주현 방향으로 가고 있는 중이다.

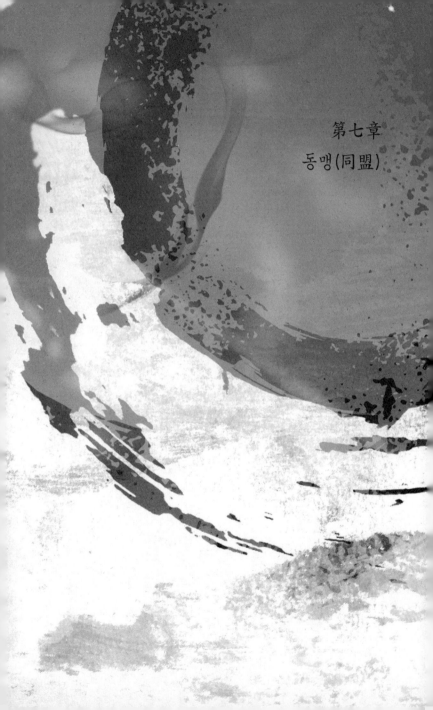

第七章

동맹(同盟)

　아무도 살지 않는 비룡은월문의 성채는 연종초가 지내기에 적당한 장소다.

　성채는 오랫동안 방치되어 곳곳에 잡초가 무성했다.

　비룡은월문이 멸문한 지 이 년이 다 되어가지만 아직도 원형을 그대로 보존하고 있으며 그동안 사람들의 출입이 끊어진 이유는 연종초의 명령 때문이었다.

　연종초는 동태하에서 화운룡을 자신의 손으로 죽였다고 생각한 이후 그의 진실한 신분을 알게 되었다.

　그녀는 화운룡이 비룡공자이며 비룡은월문 문주였다는 사

실을 조금만 일찍 알았더라면 비룡은월문을 멸문시키는 일 같은 것은 절대로 하지 않았을 것이다.

아니, 비룡은월문이 있는 강소성 남쪽 지방 전역에 아예 수하들이 한 걸음도 들어가지 못하도록 엄명을 내릴 수도 있었다.

화운룡이 죽은 이후에 연종초는 비룡은월문 화운룡의 거처였던 운룡재에서 한 달 동안 지냈다.

한 달 후에 그녀는 비룡은월문에 아무도 출입하지 못하도록 중원성지로 지정하라고 엄명을 내리고 떠났다.

연종초는 이번에도 운룡재에 머물고 있다.

예전에 화운룡과 옥봉은 운룡재 삼 층을 사용했었는데 지금 연종초가 그곳에서 기거하고 있다.

연종초는 예전에 한 달 동안 비룡은월문에 머물 때에도 운룡재 삼 층에서 지냈었다.

그녀가 이곳이 화운룡의 거처였다는 사실을 알았기 때문에 운룡재에서 머문 것이 아니었다.

비룡은월문을 한 바퀴 둘러본 그녀는 동쪽에 따로 담으로 둘러쳐져 있는 내원(內苑) 같은 곳의 아담한 경치가 마음에 들었는데 입구의 현판에 '용황락'이라고 적혀 있었다.

그리고 용황락 중에서도 단연 빼어난 모습의 운룡재에 이끌렸으며 자연스럽게 삼 층에서 기거했다.

그리고 그때로부터 일 년 열 달이 지난 지금, 연종초는 또 운룡재 삼 층에서 묵고 있다.

"차 드십시오."

딸깍……

우호법 백룡천제 연본교가 찻잔을 탁자에 내려놓았다.

천신국 태주지부에서 이곳에 하녀 삼십여 명을 파견했으나 연종초를 최측근에서 모시는 것은 연본교다.

하녀들은 이곳 용황락 여기저기에 있는 듯 없는 듯 머물고 있는 천신국 고수들의 뒷바라지를 하고 있다.

그들은 천신오국 동천국 동절내신군 도호반이 보낸 동천국의 고수들이다.

도호반은 화운룡 일행이 동천국을 출발하자마자 정예고수들을 소집하여 뒤따라 보냈다.

이후 화운룡과 같이 있는 야말이 뒤따르는 고수들과 수시로 연락을 취했다.

그리고는 연종초가 금불산 용황락에서 도주하며 천황파에 쫓기자 동천국 고수들이 그녀를 보호하여 사지에서 겨우 빠져나왔던 것이다.

그 과정에 동천국 고수 천여 명이 죽었으며 다시 여기까지 오는 동안 삼백여 명이 죽어서 현재 이백여 명만 남아 있는 상황이다.

사실 천신태주지부에서는 이곳에 천여황 연종초가 머물고 있다는 사실을 전혀 모르고 있다.

그들은 단지 천신국의 높은 신분을 지닌 인물이 특수한 임무를 띠고 비룡은월문에 머물면서 강소성 남쪽 지방을 답사하는 것으로 알고 있다.

연종초는 찻잔을 물끄러미 바라보며 나직이 말했다.

"그 사람 소식 없어?"

그 사람이란 화운룡을 가리키며 연종초가 가장 궁금하게 여기는 일이다.

"없습니다."

연종초 얼굴에 보일 듯 말 듯 실망의 기색이 떠올랐다가 금세 사라졌다.

그녀는 금불산 용황락에서 화운룡을 본 이후 측근들에게 그를 찾으라고 명령을 내렸다.

천황파의 태풍 같은 공격이 퍼붓는 와중에, 그리고 용황락에서 도망쳐 나와서 가루라를 타고 도주하는 동안에도 화운룡을 찾으라고 성화를 했었다.

연본교는 수하 수십 명을 용황락과 그 주변으로 보내 화운룡을 찾으라고 명령했으나 그를 찾아낼 가능성은 거의 없다고 생각했다.

우선 연종초로서는 화운룡에 대한 구체적인 자료가 전무한 실정이라서 그저 말로만 무조건 화운룡을 찾으라고 성화하는 것이다.

수하들은 화운룡이 어떻게 생겼는지 아예 전혀 모르는 데다, 그에 대한 실낱같은 단서조차 없는 터라서 그를 찾아낸다는 자체가 불가능한 일이었다.

연종초는 이곳에 와서야 어느 정도 마음의 안정을 찾고 화운룡의 전신(傳神: 초상화)을 직접 여러 장 그려서 수하들에게 주어 그를 찾으라고 명령했다.

"그가 살아 있었어……."

그녀는 차를 마실 생각을 하지 않고 두 손으로 찻잔을 감싼 채 나직이 중얼거렸다.

그녀는 금불산 용황락을 떠난 이후 이런 중얼거림을 수백 번도 더 되풀이했었다.

"그가 날 찾아온 거야……."

이 말 역시 수백 번 중얼거렸다. 그럴 수밖에 없다. 그녀가 한 남자를 사랑하여 순결을 바친 것은 그녀의 일생을 통틀어서 가장 중요한 일이었다.

그런데 그 남자를 자신의 손으로 죽였다. 태어나서 처음으로 사랑한 남자를 남도 아닌 자신의 손으로 직접 죽였으니 그 충격이야 어찌 설명할 수 있겠는가.

그래서 절망에 빠져 그 남자가 찾아내고 만든 용황락에서 이 년 가까운 세월 동안 폐인처럼 지냈는데 어느 날 기적처럼 그 남자가 눈앞에 나타난 것이다.

자신이 죽었다고 철썩같이 믿었던 그 남자가 손을 뻗으면 닿을 것 같은 거리에 환상처럼 나타났다가 순식간에 사라져 버린 것이다.

첫날밤을 보낸 바로 그날처럼 말이다.

"오늘 동초, 서초, 남초가 이곳에 도착할 것입니다."

연본교는 공손히 아뢰었다. 그녀는 연종초가 한시바삐 정신을 차리고 반역의 무리 천황파를 제압하기를 원했지만 연종초는 하루의 거의 대부분을 화운룡 얘기만 하고 있는 터라서 쉽지 않은 일이다.

천황파의 위세가 실로 대단하지만 연종초가 정신만 차리면 천황파의 반란을 제압하는 것은 별문제 없을 것이라고 믿는 연본교다.

그 반대로 연종초가 정신을 차리지 못하고 계속 화운룡 타령만 하면서 현실을 도외시한다면 천신국은 물론이고 중원 천하까지 천황파가 장악하는 것이 마냥 헛된 일만은 아닐 것이라는 얘기다.

연본교는 연종초가 화운룡에 대한 말을 그만하기를 바라면서 다시 아뢰었다.

"북초는 오고 있는 중이라는 연락입니다."

연종초는 초후들을 모두 소집했다. 천황파 이인자인 천신본국의 천초후를 제외한 동서남북 네 명의 초후들은 모두 중원에 나와 있어서 소집에 응했다.

그들 중에 북초후는 고려를 정벌하기 위해서 대륙의 동쪽 끝에 가 있다가 돌아오느라 늦는 것이다.

연종초는 동서남북 네 명의 초후들은 천황파가 아닐 것이라고 확신했다.

천신국 정보 조직인 비찰림에 의하면 천황파의 반역 징후는 이미 오래전에 포착됐었다.

비찰림에는 여황 직속인 황림대(皇林隊)가 있으며 비찰림주가 황림대주를 맡고 있다.

향림대의 주된 임무는 여황에 대한 반역을 사전에 탐지하는 것이며 한 달에 두 번 정기적으로 천여황에게 직접 보고하게 되어 있다.

황림대는 반년 전에 좌호법 청룡천제의 반역 징후에 대한 확실한 물증을 확보했으나 천여황이 어디에 있는지 알지 못해서 보고를 하지 못했다.

그 당시에 연종초는 아무에게도 말하지 않은 채 연군풍과 우호법 연본교만 데리고 금불산 용황락에 은둔했었다.

용황락에서 나온 연종초는 이곳으로 오는 도중에 뒤늦게

황림대의 보고를 받았으며 천신국 내에서 누가 천황파에 속했는지 속속들이 알게 되었다.

황림대의 보고에 의하면 중원에 나와 있는 천신국 세력 중에서 육 할 정도가 여전히 천여황을 지지하고 있으며 사 할이 천황파에 가담했다고 한다.

물론 황림대와 비찰림은 그 사 할에 대해서 상세하게 파악했으며 이미 연종초에게 보고했다.

연종초는 운룡재 삼 층 노대에 나가서 옥봉루 쪽의 아름다운 호수의 전경을 바라보았다.

지금 그녀의 머릿속에는 화운룡에 대한 생각이 절반 이상 차있으며 나머지 공간으로 반역자 천황파를 어떻게 해결할 것인지에 대해서 궁리하고 있다.

천황파를 어떻게 상대할 것인지에 대해서 전념을 해도 모자랄 판국에, 화운룡을 생각하는 데 절반 이상의 머리를 쓰고 남는 틈새로 반역자들을 상대할 궁리를 하고 있으니 제대로 풀릴 리가 없다.

지금도 그녀는 화운룡을 생각하고 있다. 그에 대해서 백 날 생각해 봐야 득 될 것이 없으며 반역자들을 상대할 계획을 세워야 한다는 사실을 잘 알고 있으면서도 마음먹은 대로 되지 않았다.

[천여황.]

그때 갑자기 무슨 소리가 들렸다. 입으로 낸 육성을 귀로 들은 것이 아니라 갑자기 누군가를 떠올린 것처럼 머릿속에 문득 새겨지는 듯한 소리다.

평범한 사람이라면 착각이거나 환청이라고 치부하겠지만 연종초는 절대로 평범한 사람이 아니다.

그녀는 그 소리를 듣고 누군가 자신에게 할 말이 있다는 사실을 깨달았다.

하지만 민감하게 반응하지 않고 마치 아무것도 듣지 못한 것처럼 호수에 시선을 고정시킨 채 가만히 있었다.

상대가 누군지, 무엇 때문에 이러는 것인지, 그리고 가장 중요한 사실인 어디에 있는지를 간파하고 나면 그녀의 행동이 개시될 터이다.

연종초는 금불산 용황락에서의 싸움과 도주하는 과정에 가볍지 않은 상처와 내상을 입었다.

그러나 그녀는 자신이 비록 상처를 입었지만 이 상태에서도 당금 천하에서 자신이 일대일로 싸워서 이기지 못할 상대란 존재하지 않는다고 확신했다.

[내 말 듣기만 해라.]

연종초의 머릿속에서 또다시 어떤 생각이 반짝반짝 명멸하듯이 떠올랐다.

그녀는 그것이 누군가 자신에게 전하는 두 번째 의미라고 생각했다.

두 번째로 상대의 의사가 전달됐지만 연종초는 그가 어디에 있는지 아직 간파하지 못했다. 그래서 그녀는 처음으로 이일에 약간의 흥미를 느꼈다.

[네가 이상한 행동을 하는 즉시 나는 사라질 것이다. 그렇게 되면 너는 같이 천황파를 상대할 수 있는 썩 괜찮은 우군을 잃게 되는 것이다.]

순간 호수를 응시하고 있는 연종초의 표정이 처음으로 살짝 변했다.

암중의 상대가 자신을 '천황파를 상대할 우군'이라고 자신의 목적을 말했기 때문이다.

그렇다고 해서 그 말을 덜컥 믿을 정도로 연종초는 순진하지가 않다. 그녀가 순수한 것은 오로지 남녀 간의 사랑에 대해서만이다.

[내가 지금부터 네 뒤에 나타날 테니까 너는 천천히 방으로 들어오도록 해라.]

원래 연종초는 어느 누구의 말이라도 잘 듣지 않는 편이다. 더구나 그 말이 지금처럼 명령조라면 절대로 그것에 따르지 않는다.

그렇지만 그녀는 어이없게도 아직 암중의 인물이 어디에 있는지조차 간파하지 못했다.

그렇기 때문에 그녀가 그의 말에 따르지 않는다면 그는 자신이 말한 것처럼 사라져 버릴 것이다.

그렇게 되면 연종초는 '썩 괜찮은 우군'을 잃어버리는 것보다 감히 누가 자신의 지근거리까지 접근하여 이따위 수작을 부리는 것인지 알 수 없게 돼버린다.

그래서 그것이 그녀의 고집을 꺾었다. 그녀는 천천히 돌아서서 실내로 걸어 들어갔다. 사륵… 사륵……. 그녀의 희고 긴 치마가 바닥에 끌리는 소리만 자늑자늑 들렸다.

그녀는 이날까지 몸에 찰싹 붙는다든지 경장 차림이나 바지를 입어본 적이 없다.

노대에서 실내로 들어선 그녀는 다섯 걸음 앞에 한 사람이 우뚝 서 있는 것을 발견했다.

그녀의 뒤쪽에서 쏟아져 들어오는 찬란한 햇빛을 온몸으로 고스란히 받으면서 우뚝 서 있는, 키가 매우 큰 훤칠한 남자의 모습을 보는 순간 연종초는 어쩌면 그가 화운룡일지도 모른다는 직감이 들었다.

"운룡!"

그녀는 기쁨에 가득 찬 외침을 터뜨리면서 남자에게 곧장 달려갔다.

그녀가 두 걸음 앞까지 빠르게 다가갔지만 상대는 선 채 꼼짝도 하지 않았고 방어 동작 같은 것을 취하지도 않았다.

두 걸음 앞에서 상대 사내의 얼굴을 자세히 본 연종초의 얼굴에 실망의 기색이 가득 떠올랐다.

사내는 제법 준수한 용모이긴 하지만 화운룡하고는 거리가 먼 얼굴이었다.

하지만 흑의경장 차림의 사내는 기이하게도 화운룡을 연상시키는 기운을 뭉클뭉클 풍기고 있었다.

사내 화운룡은 은형인 수법으로 모습을 감추고 운룡재 안으로 잠입했으며, 이형변체신공으로 얼굴 모습을 전혀 다른 얼굴로 바꾸었다.

그는 자신이 본모습으로 연종초 면전에 나타나는 것이 백해무익하다고 판단했다.

더구나 연종초가 그를 알아보고 울고불고하는 것도 보기 싫으며 그런 연줄을 이용하고 싶은 생각은 추호도 없다.

화운룡은 방금 연종초가 자신을 보자마자 '운룡!'이라고 낮게 외치자 내심 움찔 놀랐다.

그러나 가까이 다가온 그녀가 곧 실망의 표정을 짓는 것을 보고서야 안도했다.

그때 문이 열리고 우호법 연본교가 급히 들어왔다. 방금 연종초가 '운룡!'이라고 외치는 소리 때문이다.

연본교는 화운룡의 뒷모습을 발견하고 흠칫 놀랐다. 그녀는 바로 옆방에 있었지만 누가 침입하는 기척을 추호도 느끼지 못했다.

연종초가 가볍게 손을 저었다.

"나가 있어."

연본교가 공손히 허리를 굽힌 후에 방을 나갔다.

＊　　　　＊　　　　＊

연종초는 잔잔한 눈빛으로 화운룡을 바라보았다.

예리한 눈빛이 아니고 찬찬히 뜯어보는 것이 아닌데도 그녀의 눈빛은 잘 드는 면도(面刀)로 화운룡의 피부를 벗겨내는 것 같았다.

연종초는 보면 볼수록 눈앞의 남자에게서 풍겨지는 화운룡의 강한 느낌을 떨쳐 버리기 어려웠다.

사내는 화운룡의 절세미남하고는 거리가 먼 호감형의 뭉툭한 얼굴을 지니고 있다.

하지만 연종초는 공력이 심후하면 얼굴쯤이야 얼마든지 바꿀 수 있다는 사실을 알고 있다.

사내가 연종초에게 기이한 전음수법을 전개하여 자신의 의사를 전달한 것이나, 그녀의 이목을 속이고 추호의 기척 없이 가까운 거리까지 접근한 것을 보면 무시할 수 없는 초극고수가 분명하다.

그러므로 구태여 인피면구가 아니더라도 공력으로 얼굴을 바꾸는 것쯤이야 어렵지 않을 것이다.

연종초는 그로부터 꽤 오랫동안 눈앞의 사내를 살펴봤지만 그가 화운룡이 아니라는 느낌을 찾아내는 것이 어려울 정도로 그가 화운룡이라는 확신이 강하게 들었다.

"당신… 누구죠?"

이윽고 그녀는 매우 긴장한 얼굴로 조심스럽게 물었다. 그녀의 말투는 공손했다.

"나는 사신천제다."

화운룡은 그녀가 이상하게 생각한다는 것을 눈치챘기 때문에 처음부터 세게 나가야 할 필요를 느꼈다. 또한 목소리도 전혀 다르게 냈다.

연종초 얼굴에 가볍게 놀라는 표정이 떠올랐다.

그녀는 사내를 화운룡이라고 생각하는데 그는 자신을 화운룡하고는 전혀 상관이 없을 듯한 사신천제라고 소개했다.

연종초는 상대가 화운룡이 아니라고 한 말 때문에 사신천제라는 엄청난 존재라고 말하는데도 전혀 놀라지 않았다. 그 정도로 그녀는 눈앞의 상대가 화운룡일 것이라고 확신하고 있는 것이다.

"천중인계의 지존 사신천제 말인가요?"

"그렇다."

화운룡은 연종초에게 거침없이 하대를 하지만 그녀는 거기에 대해서 추호도 거부감을 느끼지 않았다.

어쩌면 여전히 그가 화운룡일지도 모른다고 생각하기 때문일 것이다.

그가 정말로 화운룡이라면 그녀에게 하대를 하는 것은 물론이거니와 그보다 더한 행동을 해도 지극히 당연하다고 생각하는 그녀다.

연종초는 상대의 언행에서 화운룡일지도 모르는 단서를 찾아내려고 애쓰고 화운룡은 그녀의 그런 의도를 알아차려서 조심하려고 애썼다.

'영악한 계집.'

연종초가 얼마나 자신을 사랑하고 그리워하고 있는지를 알아내려면 아주 조금만 신경을 써도 알 수 있을 텐데도, 화운룡은 그런 수고를 하는 것조차 내키지 않아서 그녀를 영악한 쪽으로 밀어붙였다.

똑같은 물이라도 뱀이 마시면 독이 되는 것이고 소가 마시면 우유가 되는 법이다.

아니, 연종초가 천여황인지 모르고 그날 밤 술에 만취해서 인연을 맺은 것을 두고두고 후회하고 있는 그다.

연종초는 화운룡의 얼굴에서 시선을 떼지 않은 채 자신의 얼굴에 흘러내린 희디흰 백발의 머리카락을 쓸어 올렸다. 화운룡을 너무 그리워한 나머지 하얗게 세어버린 백발이다.

"사신천제가 내게 무슨 볼일이죠? 설마 내가 누군지 모르는 건가요?"

연종초의 물음에는 화운룡을 눈앞에 두고 있다는 격한 감정을 억누른 기색이 역력했다.

"너는 천외신계의 천여황이 아니냐?"

'천외신계'라거나 '천여황'이라는 말은 금기어지만 연종초는 조금도 개의치 않았다. 지금 그녀의 관심사는 그따위 것이 아니다.

연본교는 옆방에서 공력을 끌어 올려 화운룡과 연종초의 대화를 들으려고 시도했지만 뜻을 이루지 못했다.

화운룡이 자신과 연종초 주위에 무형막을 쳐서 대화가 새어 나가지 않도록 했기 때문이다.

"우리 앉아서 이야기해요."

연종초는 먼저 노대로 걸어갔다. 노대에는 탁자가 있으며 거기에서 대화를 이어가자는 뜻이다.

연종초는 상대가 화운룡일 것이라고 거의 확신하고 있지만 그렇다고 해서 저자세로 매달리지는 않았다.

막상 그런 상황에 처하게 되면 화운룡에게 매달릴지 모르겠지만 그녀의 평소 성격은 항상 능동적이며 오만하고 도도해서 누군가에게 매달리는 모습은 상상하기조차 어렵다.

연종초는 먼저 노대의 탁자에 가서 앉더니 시선을 아까 보았던 호수에 주었다.

그 모습만 보면 화운룡이 와서 앉든지 말든지 전혀 신경 쓰지 않는 것 같았다.

연종초가 어떤 상황에 처해 있는지 잘 알고 있는 화운룡은 자신이 사신천제라고 신분을 밝혔는데도 전혀 놀라지 않고 도도함의 극치를 보이고 있는 연종초를 보고 과연 천여황답다는 생각을 했다.

화운룡은 천천히 걸어서 노대로 나갔다.

그는 연종초가 신경전을 벌이는 것이라고 생각하지 않았다. 그런 것은 아랫것들이나 하는 짓이다.

척!

그가 맞은편에 앉았는데도 연종초는 쳐다보지 않고 호수에 시선을 고정시킨 채 나직하게 중얼거렸다.

"그렇게 다른 얼굴로 변장을 하고 제 앞에 나타난 것은 당신답지 않아요."

그 말에 화운룡은 가슴이 뜨끔했다.

"무슨 소리를……."

의도치 않게 그런 말이 화운룡 입에서 튀어나갔다. 사실 그말은 하지 않았어야 했다.

전혀 그답지 않게 당황해서 부지중에 튀어나온 말이다. 하지만 주워 담을 수 없다.

"금불산 용황락에서 당신을 똑똑히 봤기 때문에 당신이 살아 있는지 알고 있어요."

"……."

연종초는 당신을 의심하니 마니 그런 말은 하지 않고 아예 그를 화운룡이라고 단정한 듯이 말을 이었다

"그렇게 얼굴 가리고 제 앞에 나타나는 게 좋으세요?"

"……."

이건 뭐, '다 알고 있는데 지금 뭐 하는 거냐?'라는데 화운룡으로서는 할 말이 없다.

이렇게 변장한 얼굴로 계속 앉아 있다가는 화운룡만 이상한 놈 되는 것 같았다.

그렇다고 제 얼굴로 돌아가자니 그것도 이상하다. 어쩌다가 일이 이렇게 꼬였는지 모르겠다.

"그게 좋으면 그냥 그대로 계세요."

"쓸데없는 말하지 말고 본론이나 얘기하자."

화운룡이 툭 말하고 보니까 네 말을 인정하기는 하는데 그런 말은 그만하자는 뜻으로 들렸다.

연종초는 호수에서 시선을 거두고 화운룡을 말끄러미 주시하면서 한참이나 아무 말도 하지 않았다.

그가 누군지 연종초가 다 알고서 이처럼 보고 있다는 생각

에 씁쓸함에 이어 역정이 나서 그가 한마디 하려는데 그녀가 먼저 입을 열었다.

"그거 아세요? 심후한 공력으로 모습을 다 바꿀 수 있어도 눈빛만은 바꿀 수 없다는 사실을요."

"……."

"당신의 눈빛은 내가 알고 있는 운룡의 빛나면서도 선한 바로 그 눈빛이에요."

자꾸 약점을 찔려 화운룡의 심장에서 피가 줄줄 흐르는 것만 같았다.

아무리 그렇다고 해도 화운룡은 끝까지 화운룡이 아닌 척해야 한다.

그가 화운룡이라는 사실이 드러나면 지금 연종초가 하는 행동으로 봐서는 십중팔구 골치 아픈 일이 벌어질 것 같다.

그러나 그보다 더 큰 문제는 화운룡 자신이 분노를 못 참고 연종초를 죽일지도 모른다는 사실이다.

"어떻게 하기로 했느냐?"

천황파를 어찌하기로 했느냐는 물음에 연종초가 차분하게 대답했다.

"당신이 하자는 대로 따를 거예요."

"……."

화운룡은 또다시 할 말을 잃고 발끈한 표정으로 연종초를 쏘아보았다.

"내가 뭘 할지 아느냐?"

"몰라요."

"내가 뭘 하려는지도 모르면서 내가 하자는 대로 따른다는 것이냐?"

"그것은……."

"됐다."

연종초가 하려는 말이 무엇인지 뻔히 알 것 같아서 화운룡은 급히 말을 잘랐다.

어쨌든 연종초가 화운룡이 하자는 대로 따르겠다니 나쁘지 않다. 아니, 외려 잘됐다.

"천황파의 세력이 어느 정도인지 파악됐느냐?"

그의 물음에 연종초가 깜짝 놀란 얼굴로 그를 바라보았다.

"그걸… 어떻게 알고 있죠?"

평소에 놀라는 것하고는 담 쌓은 두 사람이지만 오늘 이 자리에서는 꽤나 놀라고 있다.

연종초는 화운룡이 '천황파'를 알고 있을지 짐작조차 하지 못했었다.

"운룡, 당신 천황파에 대해서 알고 있었군요?"

무슨 생각을 했는지 연종초 얼굴에서 빛이 났다.

"당신… 절 구하러 용황락에 왔었던 거예요?"

"무, 무슨 소리야?"

화운룡은 깜짝 놀랐다. 연종초를 죽이려고 하는 강령혈대에서 옥봉을 구하러 용황락에 갔었는데 그것이 연종초를 구하러 간 것으로 오해가 벌어지고 있다.

연종초를 죽이지 못해서 안달이 난 그가 외려 그녀를 구하러 용황락에 가다니 말도 안 되는 일이다.

연종초는 갑자기 무엇을 깨달았는지 깜짝 놀라서 발딱 일어서며 낮게 외쳤다.

"그때 용황락에서 청광을 발출한 사람이 운룡 당신이었어요! 갑자기 허공중에서 청광이 불쑥 튀어나왔는데 이제 보니 그건 당신이 발출한 거였어요!"

연종초의 말처럼 그때 청광 즉, 여의칠천 중에 여의천궁을 발출한 사람은 화운룡이 맞다.

그때 인공 호수 가운데에 세워진 누각 사련봉애 일 층에 있는 연종초를 향해서 강령혈대 이백칠십여 명이 무시무시한 합공을 전개했었다.

그것에 정통으로 적중되면 아무리 연종초라고 해도 치명상을 면하기 어려운 상황이었다.

그래서 연종초는 포위망 중에서 가장 약해 보이는 쪽을 뚫으려고 했는데 바로 그곳에 옥봉과 자봉이 속해 있었다.

과거 화운룡을 동태하 차디찬 강물 속에 처넣었던 연종초의 그 강기에 적중된다면 옥봉과 자봉은 즉사를 면하지 못했을 것이다.

그녀들을 살리기 위해서 화운룡은 은형인 상태에서 다급하게 여의천궁을 발출했었다.

그리고 연종초의 강기와 여의천궁이 격돌한 직후에 화운룡은 옥봉과 자봉을 데리고 도주했던 것이다. 그리고 그 와중에 모습을 드러낸 그를 연종초가 두 차례 보았었다.

"그때 그 청광이 저를 밀어내지 않았더라면 저는 반역자들의 합공에 정통으로 적중당했을 거예요⋯⋯!"

그게 아닌데 연종초는 그렇게 오해하고 있다. 하지만 화운룡은 굳이 설명하지 않았고 연종초는 그가 설명할 틈조차 주지 않았다.

"아⋯⋯! 어째서 그 중요한 사실을 이제야 깨달은 거죠? 전 참 바보인가 봐요."

연종초는 갑자기 문 쪽을 향해 낮게 외쳤다.

"우호법, 들어와라."

화운룡이 무형막을 쳐놨지만 그걸 모를 리 없는 연종초이며 그녀가 자신의 말을 연본교에게 전하려고 마음먹으면 못할 리가 없다.

즉시 연본교가 달려와 반 장 옆에 공손히 시립했다.

"부르셨습니까, 폐하."

일어서 있는 연종초는 말릴 새도 없이 연본교에게 화운룡을 가리켰다.

"인사드려라. 화운룡 상공이시다."

"앗!"

순간 연본교는 화들짝 놀라서 자신도 모르게 바닥에서 펄쩍 한 자나 튀어올랐다.

뒤이어 그녀는 화운룡을 자세히 살필 겨를도 없이 허리를 깊숙이 굽혔다.

"연본교가 화 상공을 뵈옵니다."

얼마나 놀랐는지 천하에 무서운 사람이 연종초 한 사람뿐인 연본교의 목소리가 가늘게 떨렸다.

연종초가 엄하게 꾸짖었다.

"무엄하다. 부복하라."

"죽을죄를……."

연본교가 급히 무릎을 꿇으려고 하자 화운룡이 즉시 무형지기를 발출하여 그녀가 무릎을 꿇지 못하도록 했다.

그러자 연본교의 몸이 스르르 펴져서 꼿꼿하게 선 자세가 되는데 그걸 보고 연종초의 흰 눈썹이 찌푸려졌다.

"네가 감히!"

"폐하……."

"내 너를 죽이리라…!"

화운룡은 연본교를 죽일 것 같아서 즉시 무형지기를 거두었고, 연본교는 무너지듯이 그에게 부복했다.

그런데도 연종초가 연본교에게 손을 쓰려는 것을 보고 급기야 화운룡이 짧게 외쳤다.

"멈춰라! 종초!"

"……"

연종초는 뚝 손을 멈추었고 연본교는 고개를 들어 두 여자가 똑같이 놀라는 표정으로 화운룡을 바라보았다.

'아차……'

화운룡은 씁쓸한 표정을 지으며 고개를 저었다.

'천여황이 제 수하를 죽이든 말든 왜 참견이라는 말인가? 이놈의 오지랖은 정말이지……'

연본교가 일어나서 화운룡에게 공손히 허리를 굽혔다.

"구명지은에 감사드립니다."

허리를 펴는 연본교 입가에 흐릿한 미소가 서려 있는 것을 발견한 화운룡은 그제야 어떻게 된 일인지 알아차렸다.

이제 보니까 요것들이 수작을 부린 것이고 거기에 화운룡이 보기 좋게 걸려들었다.

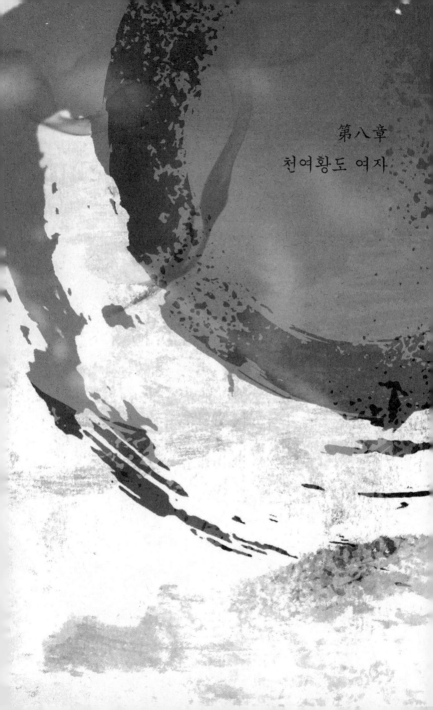

第八章

천여황도 여자

　연종초는 상대가 화운룡이라는 사실을 자신의 목숨을 걸 수 있을 만큼 확신했다.

　그런데도 그가 계속 본래 얼굴을 감추고 있는 것이 영 마음에 들지 않았다.

　연종초는 사랑하는 화운룡의 본모습을 한시바삐 보고 싶어서 안달이 났다.

　그녀는 일 년 십 개월 전에 화운룡과 하룻밤 같이 보내면서 그를 사랑하게 되고 또 뜨거운 사랑까지 나누었다.

　그것은 평소의 그녀라면 도저히 있을 수 없는 일이었다.

천신국 만인지상 여황의 신분인 그녀다. 더구나 아무리 잘난 사내라고 해도 발가락 사이에 낀 때만큼도 여기지 않는 그녀인데, 그날은 어떻게 된 일인지 낯선 사내와 불과 몇 시진 술잔을 나누면서 대화를 해보고는 흠뻑 사랑에 빠져 버렸다.

말이나 그 어떤 것으로도 그때의 상황과 그녀의 심정, 그리고 분위기를 설명하지 못한다.

그것을 설명할 수 있는 단 하나의 단어는 그때 그 상황이 '운명적'이었다는 것이다. 그래야지만 이야기가 성립되고 또 이해할 수 있다.

화운룡과 보낸 시간은 불과 하룻밤뿐이었지만 그날 있었던 일이 연종초에게 남겨준 영향은 엄청났다.

그녀의 인생을 둘로 나눈다면 화운룡을 만나기 전과 만난 이후라고 말할 수 있을 정도다.

그녀는 그날 이후부터는 하루의 절반 이상을 화운룡을 생각하는 것으로 보냈다.

그런데 그녀가 화운룡을 죽였다고 믿은 이후에 알고 보니, 그는 비룡은월문 문주인 비룡공자였으며 또한 미래에 십절무황이 될 인물이었다.

그런 굉장한 인물이 일부러 연종초에게 접근해서 미남계 같은 하찮은 수작을 부려 하룻밤 풋사랑 같은 것을 노렸을 리가 만무하다.

그 당시에 연종초는 자신의 신분을 철저하게 감추고 천하를 유람하는 중이었으므로 화운룡이 그녀를 알아보고서 접근한다는 것은 사실상 불가능했다.

더구나 만약에 화운룡이 사술이나 그보다 백 배 강력한 수법을 사용하여 연종초를 홀렸다고 해도 절대로 넘어가지 않을 자신이 있는 그녀다.

그러니까 그날 밤 있었던 일은 연종초나 화운룡 둘 모두에게 예상하지 않았던 뜻밖의 사건이었으며, 또한 운명적이었다고 생각할 수밖에 없다.

그 후 한 달이 채 지나기도 전에 화운룡은 연종초의 손에 죽음을 당했다.

만약 화운룡이 어떤 목적을 지니고 연종초에게 접근했었다면 그처럼 허무하게 죽음을 당했겠는가.

동태하에서의 비운의 그날 밤 화운룡이 연종초를 발견하고 크게 놀라는 표정을 지었던 것을 그녀는 아직도 생생하게 기억하고 있다.

연종초도 놀랐었지만 화운룡도 놀랐던 것이다. 바로 그게 두 사람의 만남이 계획된 것이 아니며 또한 운명적이었다는 사실을 강변하는 것이다.

그리고 연종초는 조금 전에야 화운룡이 천중인계의 지존인 사신천제라는 사실을 알게 되었다.

비룡은월문 문주 비룡공자이면서 십절무황이고 또 사신천
제인 화운룡은 겹겹이 질기고도 굵게 연종초와 이어질 수밖
에 없는 신분이었던 것이다.

그녀는 눈앞의 남자가 화운룡이라고 목숨을 걸 만큼 확신
하는데 그는 한사코 진면목을 보여주지 않으려고 하니까 어
쩔 수 없이 편법을 써야만 했다.

연종초는 옆방에 있는 연본교에게 전음을 보내서 약간의
술수를 부려본 것뿐인데 순진한 화운룡이 보기 좋게 단번에
걸려든 것이다.

연종초는 화운룡을 말끄러미 바라보면서 생글생글 미소 지
으며 말했다.

"그만 애태우고 얼른 본모습을 보여주세요."

연본교는 연종초가 지금처럼 생글거리며 애교 부리는 모습
을 처음 보고는 속으로 놀라움을 감추었다.

천신국의 절대자 여황은 어느 누구에게라도 생글생글 웃을
일이 없으며 애교를 부릴 일은 더더욱 없다.

오히려 그녀는 누가 자신에게 생글거리면서 웃거나 애교를
부리는 것 자체를 극도로 싫어한다.

그런 그녀가 연습해 본 적도 없는 애교를 생애 최초로 화
운룡에게 부리고 있으며, 그 모습을 보고 연본교는 자신의 눈
을 의심했다.

"하던 얘기 계속하자."

"운룡이 본모습을 찾지 않는다면 저는 아무 얘기도 하지 않겠어요."

"음!"

화운룡은 무거운 신음을 토해냈다. 그는 정색을 하고 연종초를 쏘아보았다.

"너는 나와 내 측근들을 무수히 죽이고 비룡은월문을 멸문시켰으며 내 가족을 비롯한 수천 명을 끌고 가서 노예로 삼거나 외딴섬에 유배를 시켰다."

그의 갑작스러운 말에 연종초는 움찔 놀라더니 안색이 착잡하게 변했다.

"좋게 말해도 나쁘게 말해도 네가 내 원수라는 사실은 변하지 않을 것이다. 지금 당장 너를 쳐 죽이지 않는 것을 고맙게 생각해라."

"운룡……."

그의 말은 모두 사실이라서 조금도 반박할 수 없는 연종초는 방금 전과 달리 고개가 자꾸만 숙여졌다.

"그런데도 불구하고 내가 널 죽이지 않을뿐더러 대화를 하자는 이유가 무엇일 것 같으냐?"

평소의 연종초 같으면 화운룡 이상으로 머리가 잘 돌아가서 즉답을 하겠지만 지금은 충격을 받은 터라서 아무 생각도 나지 않았다.

"모르겠어요."

"나는 너를 도와서 천황파를 몰살시킬 생각이다. 그 이유도 모르겠느냐?"

연종초는 눈이 조금 커지면서 놀라더니 그때부터 머리가 제대로 돌아갔다.

"중원을 구하기 위해서인가요?"

"그렇다. 단지 그것 때문에 당장 쳐 죽이고 싶은 원수인 너를 살려두는 것이다."

당장 쳐 죽이고 싶다는 말에 연종초는 충격을 받은 듯 얼굴에서 핏기가 사라졌다.

그녀는 냉정하려고 애쓰면서 조심스럽게 말했다.

"당신이 저를 도와서 천황파를 몰살시키고 나면 그 이후에 저더러 중원에서 물러나라는 뜻인가요?"

화운룡은 굳은 얼굴로 고개를 가로저었다.

"천황파만 몰살시키면 된다."

"어째서 그렇죠? 천중인계의 목적은 우리를 중원에서 몰아내는 게 아닌가요?"

"천중인계는 그럴지 모르지만 나는 아니다."

연종초는 의아한 표정을 지었다.

"그게 무슨 뜻이죠? 당신이 천중인계의 지존인 사신천제라고 말하지 않았나요?"

화운룡은 손을 저었다.

"백성들이 평화롭기만 하면 대명제국이든 천신국이든 누가 중원 천하를 지배해도 상관하지 않겠다."

연종초는 촉촉한 눈으로 화운룡을 바라보았다.

"제가 중원 천하를 잘 다스리고 있다는 뜻인가요?"

화운룡은 고개를 끄떡였다.

"백성들은 대명제국의 치하 때보다 지금이 훨씬 더 살기가 좋아졌다고들 하더군."

화운룡의 칭찬에 연종초는 금세 눈이 초롱초롱해졌다.

"저는 우리 천신국의 다섯 나라와 중원이 잘 화합해서 살아가기를 원해요."

화운룡은 고개를 끄떡였다.

"중원은 천신국의 다섯 나라들과 다 함께 살아도 좋을 만큼 드넓다. 사이좋게 살아간다면 말이다."

연종초는 기쁜 표정을 지었다.

"그렇다면 천신국의 다섯 나라가 중원에 이주해 오는 것을 허락하는 건가요?"

"내 허락이 중요하냐?"

"중원 천하의 주인인 사신천제의 허락은 중요해요."

"나는 중원 천하의 주인이 아니다."

"그럼 누가 주인이죠?"

"백성이 주인이지."

연종초는 깜짝 놀라더니 곧 진심어린 표정을 지었다.

"당신은 참으로 위대한 분이군요."

"쓸데없는 말 하지 마라."

화운룡은 연종초를 꾸짖고 나서 말했다.

"백성들이 너의 치세(治世)를 칭찬하고 있기에 천신국 다섯 나라들과 더불어서 살아도 좋다고 허락하는 것이다."

연종초는 새삼스럽게 감격한 표정으로 화운룡을 아련히 바라보았다.

지금까지 살아오는 동안 그녀를 감동시키거나 그녀의 마음을 움직일 수 있었던 사람은 일 년 십 개월 전의 화운룡이 유일한 존재였는데, 역시 지금도 그가 그녀의 마음을 뒤흔들고 있다.

연종초는 두 손을 앞에 모으고 진지하게 말했다.

"부탁해요. 당신의 얼굴을 보여주세요."

화운룡은 미간을 찌푸렸다.

"또 얼굴이냐?"

하지만 그는 기왕지사 일이 이렇게 됐는데 그깟 얼굴을 보여주는 것이 무슨 대수인가 하는 마음이 생겼다.

그때 화운룡을 주시하던 연종초와 연본교의 눈이 화등잔처럼 커졌다.

화운룡의 얼굴이 마치 잔잔한 수면에 잔물결이 이는 것처럼 일렁이는가 싶더니 어느새 조금 전 얼굴하고는 완전히 다른 새 얼굴이 거기에 나타났다.

연종초와 연본교가 놀란 이유는 화운룡의 얼굴이 저절로 변했기 때문이 아니다.

새로 나타난 얼굴이 지독히도 준수한 탓에 연종초는 반가움으로 눈물을 글썽거렸고 연본교는 자신의 눈을 의심할 정도로 경악했다.

"운룡……."

연종초는 이끌리듯이 그에게 다가가더니 갑자기 울음을 터뜨리면서 쓰러지듯이 안겼다.

"으흐흑……! 운룡……!"

화운룡은 움찔했다. 그는 자신이 연종초를 안아야 할 상황이 발생할 것이라고는 추호도 생각한 적이 없으므로 적잖이 당황했다.

그는 우두커니 서 있는데 연종초는 두 손으로 그의 등을 안으면서 가슴에 얼굴을 묻고 흐느껴 울었다.

그때 문득 그는 어떤 사실 하나를 깨달았다. 연종초가 비록 천외신계의 천여황이라지만 그에게는 그저 한 사람의 여인일 뿐이라는 것이다.

그녀가 천여황으로 나선다면 그는 비룡공자이며 십절무황이고 사신천제의 신분일 것이다.

하지만 이렇게 그의 가슴에 안겨서 몸부림치며 흐느껴 우는 것은 필경 그에 대한 그리움에 수많은 밤을 하얗게 지새운 여인이 분명해서일 터이다.

화운룡은 그녀의 등을 가만히 안아주었다. 그녀를 용서하는 것이 아니라 이해하기 때문이다.

연종초는 움찔 놀라더니 더욱 서럽게 울면서 그의 품으로 깊이 파고들었다.

지켜보고 있는 연본교는 그 광경에 크게 놀라고 또 당황해서 어쩔 줄을 몰랐다.

오늘 연본교는 연종초의 전혀 새로운 모습을 여러 차례나 보고 있는 것이다.

정말 그녀가 천신국에서 절대신으로 추앙받던 그 여황이 맞을까 할 정도로 충격적인 장면들이다.

그렇지만 연본교는 연종초를 이해할 수 있을 것 같았다.

오래전에 천신국의 절대자로 선택되어 자신의 삶이라곤 철저하게 배제된 채 오로지 여황으로만 길러졌던 그녀다.

그 반면에 그녀가 화운룡을 만나서 사랑을 했던 것은 태어나서 최초로 해본 순수한 자신의 선택이었다.

연본교는 절대신 여황이 아닌 한 사람의 여자 연종초의 선택을 이해할 수 있는 것이다.

화운룡과 연종초는 어떻게 천황파를 상대해서 물리칠 것인
지에 대해서 매우 깊이 있게 상의했다.

연종초는 천황파의 반란이 천신국 내부의 일이기 때문에
자신이 처리하겠다고 말했다.

"반역의 수괴를 죽이면 끝이에요."

"천황 하나만 죽이면 된다는 건가?"

화운룡은 자신의 말에 연종초의 눈썹이 가볍게 찌푸려지는
것을 보았다.

그녀는 좌호법 청룡천제를 천황이라고 부르는 것을 싫어하
는 것 같았다.

그래서인지 그녀는 천황을 반역의 수괴라고 불렀다. 하긴
그럴 만도 하다. 천황이라고 부르는 것은 그녀 자신을 지칭하
는 여황이나 천여황이라는 호칭과 동급이라서 당연히 듣기
싫을 것이다.

그렇지만 연종초는 화운룡이 천황이라고 부르는 것을 뭐라
고 하지 않았다.

비단 그것뿐이 아니라 그녀는 화운룡과 대화하면서 매우
공손했고 또 그의 말을 경청하려고 애썼다.

"반역의 핵심 인원은 많지 않을 거예요. 그러니까 그들만

제거하면 되는 거예요."

"얼마나 정확하게 파악하고 있지?"

연종초는 배시시 미소 지었다.

"다 정확하게 파악하고 있어요."

그녀는 연본교에게 고개를 끄떡여 보였다.

"황림대주를 불러와."

연본교가 황림대주를 부르러 간 사이 연종초가 화운룡에게 설명했다.

"본국에는 비찰림이라는 정보 조직이 있으며 그중에서도 황림대는 제 직속이에요."

연종초는 노대의 탁자에 화운룡과 나란히 앉아 있으며 꼿꼿한 자세를 유지했다.

*　　　　*　　　　*

그녀는 아까 화운룡에게 안겨서 흐느껴 울거나 또한 본모습을 보여달라면서 애원할 때와는 달리 지금은 흐트러진 몸가짐을 보이지 않았다.

지금처럼 천하의 정세에 대해서 대화를 하는 공적인 자리에서는 천여황으로서의 품격을 잃지 않았다.

화운룡과의 사사로운 감정을 억누르려고 애쓰는 것이 아니라 평소처럼 매우 자연스러운 행동이다.

그녀는 대화를 하는 틈틈이 화운룡을 바라보면서 온화한 미소를 짓는 것을 굳이 감추려고 하지 않았으며 눈빛에 사랑이 듬뿍 담겨 있었다.

그런 것을 보면 아마도 그녀는 공과 사가 분명한 성격인 것 같았다.

황림대주를 기다리는 동안 화운룡은 연종초에 대해서 궁금했던 점을 물었다.

"종초, 너 고구려 사람이냐?"

"네. 고구려 유민이에요."

연종초는 화운룡이 그것을 물어봐 준 것이 기쁜 듯 노래하듯이 대답했다.

"너 몇 살이냐?"

당금 천하에서 천신국의 여황에게 이런 질문을 이렇게 무례하게 묻는 사람은 화운룡 한 사람뿐일 것이다.

그런데 연종초가 망설이는 표정을 지었다.

"저… 나이가 많아요."

아무리 많아봤댔자 미래에서 팔십사 세까지 살다가 온 화운룡보다 많겠는가.

"몇 살인데 그러느냐?"

"칠십팔 세예요."

"……"

여간해서는 놀라지 않는 화운룡이지만 그녀의 말에는 놀라지 않을 수가 없다.

더구나 지금 화운룡은 이십이 세인데 연종초가 칠십팔 세라면 절대 함부로 대해서는 안 된다.

화운룡이 제아무리 십절무황에다가 사신천제라고 해도 인간의 기본예절을 무시할 수는 없는 일이다. 그녀는 아무리 못해도 최소한 그의 할머니뻘인 것이다.

그는 부지중에 자세를 바로 하고 조금 공손해졌다.

"주안술을 사용한 겁니까?"

연종초는 눈을 크게 뜨고 놀랐다.

"왜 그렇게 말씀하세요?"

"뭘… 말입니까?"

"갑자기 제게 존어로 말씀하시잖아요."

"아유… 어르신께 당연하죠."

화운룡은 굽실거렸다.

연종초는 서운한 듯 붉고 작은 입술을 삐죽거렸다.

"그렇지만 지금의 저는 젊은 모습이잖아요."

"거야… 어려운 일이 아닐 테니까요."

"무슨 뜻이죠?"

"주안술을 전개하거나 공력이 반로환동의 경지에 올랐다면 젊은 모습을 유지하는 것은 어렵지 않은 일입니다."

연종초는 화들짝 놀라서 눈을 크게 떴다.

"저는 주안술이나 반로환동으로 젊은 모습을 유지한 것이 아니에요."

화운룡은 의아한 표정을 지었다.

"그렇지만 지금 연세가 칠십팔 세라고……."

"지금이 아니라 미래의 나이예요."

"미래?"

화운룡은 움찔했다.

"미래라는 것은……."

그는 이상한 예감을 느꼈다.

나란히 앉은 연종초는 의자를 돌려서 화운룡과 똑바로 마주 보는 자세를 취했다.

그녀는 매우 진지하고 엄숙한 얼굴로 그를 응시하며 조용히 말했다.

"운룡, 지금 제가 하는 말이 허무맹랑한 소리 같겠지만 저는 미래에서 왔어요."

"……."

화운룡의 얼굴에 어이없다는 표정이 가득 떠올랐다. 설마 연종초도 미래에서 왔을 것이라고는 일 푼어치도 생각한 적이 없었다.

그런데 연종초는 그의 어이없는 표정을 보고 제 딴에는 다른 오해를 했다.

"오해하지 말고 제 설명을 잘 들어보세요. 운룡은 총명하시니까 이해할 수 있을 거예요."

연종초는 그의 두 손을 나누어 잡고 설득력 있는 표정으로 그를 말끄러미 바라보았다.

"제가 운룡에게 거짓말하는 것 같아요?"

"아니다."

연종초가 미래에서 칠십팔 세였다면 굳이 존어를 할 이유가 없다. 화운룡은 미래에 팔십사 세였다.

"제가 칠십팔 세라는 얘기는 미래의 제 나이가 칠십팔 세였다는 거예요."

"어떤 방법으로 미래에서 여기로 온 것이냐?"

보통 이런 얘기를 하면 백이면 백 상대가 절대로 믿지 않게 마련인데 화운룡은 어떤 방법으로 미래에서 여기로 왔느냐고 물으니까, 연종초는 그게 놀라면서도 신났다.

"제 말을 믿는 건가요?"

"믿는다."

"아아… 기뻐요, 운룡."

"어떤 방법으로 왔는지 설명해 봐라."

연종초는 그의 두 손을 잡은 채 초롱초롱한 눈으로 말했다.

"우화등선을 시도했었어요."

"......!"

화운룡도 우화등선을 시도했다가 과거로 회귀했다. 여기까지는 그와 연종초가 같다.

연종초는 그의 얼굴을 말끄러미 들여다보았다.

"말도 안 되는 얘기죠?"

화운룡은 진지한 얼굴로 고개를 가로저었다.

"아니다. 말 된다. 그다음에는 어찌 되었느냐?"

지금껏 그녀의 말을 이런 식으로 믿은 사람이 한 명도 없었기에 지금은 외려 그녀가 어리둥절해졌다.

"운룡……."

"그다음에는 쌍념절통이었느냐?"

"아아……."

그의 말에 연종초는 그의 손을 놓고 발딱 일어나 극도로 경악하는 표정을 지었다.

"아아… 운룡… 대체 그걸 어떻게 알았어요……?"

연종초가 경악하는 것이나 그녀의 표정으로 봐서는 그녀 역시 화운룡처럼 우화등선을 했다가 쌍념절통으로 이어졌던 것이 분명하다.

쌍념절통의 원리는 이렇다.

두 사람의 간절한 원(願)이 서로에게 이어지고 그들이 우연하게도 한날한시에 원하지 않는 죽음을 맞이하게 되면 극적으로 통한다.

말하자면 내가 원하는 게 너한테 있고, 네가 원하는 게 나한테 있는데 하필 두 사람이 같은 시간에 죽으면 념(念)이 상통한다는 얘기다.

여기에서 두 사람이라는 것은 미래의 나와 과거의 나다.

미래의 십절무황 화운룡이 원하는 것이 과거의 개망나니 화운룡에게 있고, 개망나니 화운룡이 원하는 것이 십절무황 화운룡에게 있었기에 쌍념절통이 성사되어 과거로 회귀할 수가 있었다.

화운룡이 과거로 와서 다시 만난 장하문은 그에게 이런 말을 했었다.

"나는 장차 주군을 모시게 될 테고 내가 그분보다 먼저 죽게 된다면 그분에게 우화등선을 권하려고 했소. 내가 공부한 쌍념절통의 원리가 맞는다면 주군께서는 먼 과거의 위기에 처한 자신의 몸으로 들어갈 수도 있지 않을까 기대했었소."

그러니까 미래에서는 우화등선을 시도해야 하고, 그 시점에 과거의 당사자가 죽어가고 있으면 쌍념절통이 성사되어 과거로 회귀할 수 있다는 원리다.

"운룡, 당신이 그걸 어떻게 아는 건가요?"

연종초는 일어선 채 경악에 경악을 거듭한 표정으로 화운룡을 바라보며 물었다.

연종초가 미래에서 왔다니, 그것도 화운룡과 똑같은 방법으로 과거로 회귀했으며 이렇게 두 사람이 만났다는 사실은 실로 기적과도 같은 일이다.

"종초, 이리 와라."

앉아 있는 화운룡은 서 있는 그녀의 두 손을 잡고 가만히 끌어당겼다.

이제 그는 연종초가 원수이며 천여황이라는 인식이 매우 흐릿해졌다.

그 대신 그녀도 자신처럼 우화등선과 쌍념절통이라는 절차를 거쳐 미래에서 과거로 온, 한배를 탄 동지라는 동질감이 강하게 느껴졌다.

화운룡은 연종초를 온화한 눈빛으로 바라보았다.

"네가 우화등선을 한 미래는 어떤 시기였느냐?"

연종초는 생각할 것도 없다는 듯 즉시 대답했다.

"중원은 명나라 제칠대 황제 경태제(景泰帝) 육 년이고 조선(朝鮮)은 단종(端宗)이 죽고 세조(世祖) 원년이었으며, 중원 무림은 무황력(武皇曆) 이십육 년이었어요."

무황력이란 십절무황이 천하통일을 이룬 해를 기념하기 위해서 그가 등극한 첫해를 원년으로 삼은 햇수다.

그러니까 연종초가 미래에서 우화등선을 했다는 무황력 이십육 년은 화운룡이 십절무황에 등극한 지 이십육 년째라는 뜻이다.

"종초야."

"네?"

자신도 모르게 격동한 화운룡이 갑자기 두 손으로 그녀의 엉덩이를 붙잡더니 끌어당겨서 자신의 무릎에 앉히자 그녀는 깜짝 놀랐다.

연종초는 다리를 약간 벌리고 화운룡의 무릎에 마주 보는 자세로 앉아서, 무엇인지는 모르지만 자신과 화운룡 사이에 이상하고도 신기한 기류가 흐른다는 느낌을 강하게 받았다.

"너 왜 과거로 온 것이냐?"

"저는… 고구려 사람들이 나라를 잃고 떠돌면서 핍박받는 것을 구하려고 왔어요."

"누가 널 보냈지?"

"천백문(天白門)의 문주로서 제 스스로 왔어요."

얘기가 자꾸 곁가지를 치기도 하고 꼬이기도 하자 화운룡은 더 이상 묻는 것을 그만두고 연종초와 심심상인을 시도해 보기로 마음먹었다.

그는 연종초의 엉덩이를 잡고 있는 두 손에 약간 힘을 주어 조금 더 가깝게 끌어당겼다.

"종초야."

"네."

연종초는 조금도 긴장하지 않고 아늑한 표정으로 화운룡을 바라보았다.

"나한테는 심심상인이라는 수법이 있는데 그걸 시전하면 내가 알고 있는 것들이 모두 너에게 전해진다."

"그런가요……?"

연종초는 눈을 동그랗게 뜨고 놀랐다.

"나는 이번에는 너하고 심심상인을 이중으로 시전해 보려고 한다. 이론적으로는 그렇게 하면 내가 알고 있는 것들이 너에게 전해지고, 동시에 네가 알고 있는 모든 것들이 나한테 전해지는 거지."

연종초의 눈이 화등잔처럼 더 커졌다.

"그… 게 가능해요?"

"내가 알고 있는 것을 타인에게 전해주는 것은 여러 번 해 봤지만 상대가 알고 있는 것을 나한테 주입하는 것은 한 번도 시도해 본 적이 없어."

연종초는 조금 놀라는 표정을 지었다.

"제가 처음인가요?"

"그래. 싫으면 하지 않아도 된다."

"아니에요. 저는 운룡에게 감출 게 없어요."

천외신계 천여황이라는 막중한 신분이고 미래에서 왔다면 필시 비밀이 많을 텐데도 연종초는 화운룡에게는 감출 게 없다고 한다.

하긴 그런 점에서는 화운룡도 마찬가지다. 그 역시 연종초에게 감추는 것 없이 모조리 전해줄 생각이다.

연종초는 자신의 엉덩이를 불안정하게 붙잡고 있는 화운룡의 두 손을 올바른 위치로 옮겨주면서 말했다.

"제가 어떻게 하면 되는 거죠?"

거기에 대해서는 화운룡으로서도 해본 적이 없으니까 아는 바가 없다.

"마음을 활짝 열고 모든 혈도를 개방해라."

"네."

무림인이 모든 혈도를 개방하는 행위는 자신의 목숨을 상대에게 맡기는 것이나 같다.

칼자루를 잡고 있으므로 상대를 죽일 수도 있고 폐인으로 만들 수도 있으며 공력을 한 움큼도 남기지 않고 깡그리 가져갈 수도 있기 때문이다. 그런데도 연종초는 일말의 망설임도 없이 대답했다.

슥—

화운룡은 연종초를 바싹 끌어안았다.

"나를 마주 안아라."

"네."

자신이 지닌 신분에 비해서 믿을 수 없이 작고 가녀린 몸을 지닌 연종초는 종이 한 장 들어갈 틈도 없이 그와 밀착하고는 두 손으로 그의 등을 힘주어 안았다.

"마음을 활짝 열고 혈도를 개방했느냐?"

"네."

"시작한다."

연종초는 눈을 꼭 감고 그의 가슴에 뺨을 묻었다. 이상하게도 긴장이 조금도 되지 않았다.

두둥… 두우우… 움…….

다음 순간 등 뒤에서 불어온 한 줄기 서늘한 삭풍이 그녀의 등과 가슴을 뻥 뚫는 것처럼 휩쓸었다.

그리고 그와 동시에 가슴으로는 따뜻한 물이 부어지는 것처럼 편안한 느낌이 들었다.

'아아…….'

그때 화운룡이 그녀를 조금 더 세게 바싹 끌어당기자 그녀도 그의 몸속으로 들어갈 것처럼 힘주어 마주 안았다.

주고받을 것이 남들보다 훨씬 많았던 두 사람의 심심상인은 열 호흡이나 진행됐다가 겨우 끝났다.

연종초는 자신의 머리와 가슴에 가득 들어찼던 수많은 내용들이 빠르게 정리되는 과정에 너무도 혼비백산하여 숨조차 쉬지 못할 정도였다.

"아아……"

그녀는 화운룡이 장차 십절무황이 될 것이라고만 알고 있었는데, 설마 그가 미래에서 십절무황으로 군림하다가 자신과 똑같은 절차를 거쳐서 과거로 왔을 줄은 꿈에도 몰랐다.

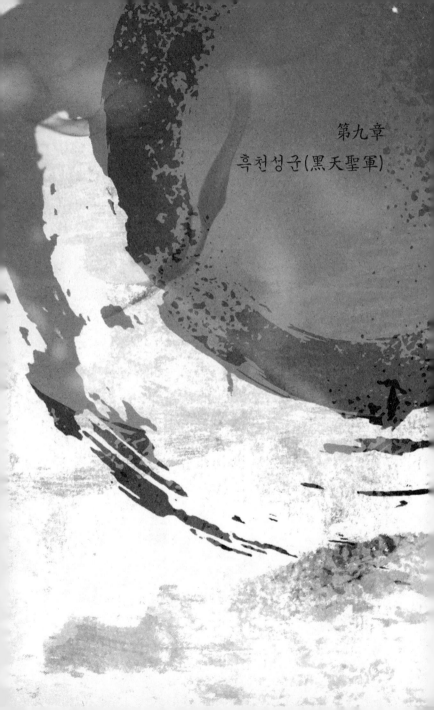

第九章

흑천성군(黑天聖軍)

그것뿐만이 아니다. 화운룡도 그녀와 같은 시대에 있었으며 그녀처럼 우화등선과 쌍념절통의 절차를 밟아서 과거로 회귀했다고 하니 기가 막힐 일이다.

화운룡의 기억이 깡그리 그녀에게 주입됐는데 어디 놀랄 일이 그것 하나뿐이겠는가.

심심상인이 끝났는데도 두 사람은 떨어지지 않고 여전히 서로를 꼭 끌어안은 채 꼼짝도 하지 않았다.

그 상태에서 두 사람의 뇌리와 가슴속으로 폭풍우처럼 계속 휘몰아치는 수많은 놀라움들을 삭이기도 하고, 아직 정리

되지 않은 기억들이 차곡차곡 제자리를 찾아가는 것을 기다리고 있는 중이다.

염본교는 복잡한 표정으로 화운룡과 연종초를 물끄러미 주시하고 있다.

염본교 옆에는 비찰림주이며 황림대주인 찰하륜(札河崙)이 불신의 표정을 지으며 화운룡과 연종초가 마주 끌어안고 있는 광경을 쳐다보고 있다.

연종초의 명령으로 연본교가 황림대주를 데리고 온 지 벌써 반각이 지났다.

두 사람은 화운룡과 연종초가 저 이상한 행위를 끝낼 때까지 기다리고 있는 중이다.

염본교와 찰하륜은 화운룡과 연종초가 무엇을 하고 있는지 모르고 있다.

염본교는 연종초가 꿈에 그리던 정인 화운룡을 만났기 때문에 여황으로서의 위신이나 체면, 그리고 때와 장소를 가리지 않고 애정 행각을 벌이고 있는 것이라고 나름대로 오해했다.

그러나 찰하륜은 여황 폐하가 도대체 왜 저러고 있는지 도무지 이해할 수가 없다.

보기가 민망하다고 해서 염본교가 두 사람더러 이제 그만

하라고 만류하는 것은 죽기를 각오해야 할 일이다.

충격이 컸던 만큼 화운룡과 연종초가 서로를 안고 기억을 정리하는 시간이 꽤 길어져서 일각이 지나서야 끝이 났다.

연종초는 화운룡의 품에서 얼굴을 뗀 이후에 고개를 들고 그의 얼굴을 말끄러미 올려다보았다.

심심상인을 하기 전에 연종초는 자신과 화운룡의 만남이 운명적이라고 생각했었다.

그것만 해도 정말로 굉장한 인연이라고 할 수 있다. 대저 사람과 사람의 만남이 운명적이라고 하면 그보다 더 큰 만남이 어디에 있겠는가.

그런데 심심상인을 한 이후에 연종초가 다시 생각해 보니까 두 사람의 만남은 운명 같은 것이 아니라 필연적이라고 해야 맞는 말인 것 같았다.

운명적인 만남이라는 것이 각기 다른 운명을 타고난 사람들이 만나서 새로운 운명을 개척해 나가는 것을 뜻한다면, 필연적인 만남이란 반드시 만나야만 하는 사람들이 만나서 같은 운명을 이어나가는 것을 의미하는 것이다.

화운룡은 지금껏 수많은 사람들을 만났었지만 연종초 같은 여자를 만난 것은 생전 처음이다.

운명적이거나 필연적이라고 한다면 외려 연종초가 옥봉보

다 한 수 위라고 할 수 있다.

화운룡은 지금으로부터 육십일 년 후, 연종초는 오십일 년 후 같은 날 같은 시간에 우화등선을 시도했다가 똑같이 쌍념 절통의 과정을 거쳤다.

그렇게 해서 두 사람은 육십일 년 전, 같은 날 같은 시간의 과거로 회귀를 한 것이다.

다만 연종초가 십 년 먼저 우화등선을 시도하여 화운룡보다 십 년 전으로 회귀한 시기가 달랐으며, 화운룡은 중원의 강소성 태주현으로, 연종초는 천신국의 천신본국으로 회귀한 장소가 달랐을 뿐이었다.

연종초는 여전히 두 손으로 화운룡의 허리를 안은 채 그의 얼굴을 바라보고 있다.

그녀의 두 눈에는 사랑을 초월한 숭고하고 고결한 그 무엇이 넘칠 것처럼 일렁거렸다.

그녀는 연본교와 찰하륜이 자신들을 보고 있다는 사실도 깨닫지 못했다.

그녀의 눈에는 오로지 화운룡만 보일 뿐이고 머릿속에는 화운룡에 대한 생각만 가득했다.

화운룡은 연종초를 떼어내더니 연본교와 찰하륜 쪽을 쳐다보았다.

"둘 다 이리 와라."

갑작스러운 부름에 연본교와 찰하륜은 움찔했지만 그 자리에서 움직이지 않았다.

화운룡이 연종초와 무엇을 하고 있든지 간에 현재로선 그의 명령을 들을 이유가 없기 때문이다.

연종초가 쨍한 목소리로 꾸짖었다.

"죽고 싶은 것이냐? 이분의 말씀이 곧 나의 말이다!"

그제야 연본교와 찰하륜은 움찔 놀라서 급히 화운룡 앞으로 달려왔다.

화운룡은 연종초와의 이중 심심상인을 통해서 연본교가 연종초의 셋째 언니라는 사실을 알게 되었다.

연종초의 연(淵)씨 일가는 멸망한 고구려의 후예이며 신의 가문으로 연신가(淵神家)라고 불린다.

연신가는 수백 년 동안 고구려를 재건하려고 애썼으며 백년 전에 이르러서야 지금의 천신국을 건국하게 되었다.

옛날 고구려가 있었던 땅에는 고려라는 나라가 있지만, 수백만 명이나 되는 고구려 유민들을 받아주지 않기 때문에 그곳으로부터 만오천 리나 떨어진 사막에 천신국을 건국할 수밖에 없었다.

그렇지만 천신국 즉, 천신오국은 수천만 명이나 되는 여러 민족들이 함께 어울려 살기에는 지나치게 좁은 데다 땅이 너무도 척박했다.

그래서 연신가의 가주인 동시에 천백문의 문주의 신분인 연종초는 천신국을 중원으로 진출시키기 위해서 미래에서 과거로 온 것이다.

대륙에서 동쪽 가장 끝자락에는 장백산이라고도 하고 백두산이라고도 부르는 신령하고 거대한 산이 있으며, 그 산 어딘가에는 동이족(東夷族)이 수천 년 전부터 신성시해 온 하늘이 내린 문파가 존재하고 있다.

그것이 바로 천백문이며 수천 년 전부터 오로지 동이족만을 지켜온 수호신이다.

지금으로부터 오십일 년 후의 연종초는 연신가의 가주이며 천백문의 문주로서 천지신통의 능력을 지니고 있었다.

천백문 수천 년 역사를 통틀어서 가장 고강하고 위대한 문주가 된 연종초는 헐벗은 고구려 유민들을 위해서 과거로 회귀한 것이다.

화운룡은 자신의 무릎 위에 마주 보는 자세로 앉아 있는 연종초를 가볍게 안아서 앞쪽 의자에 앉혔다.

"백룡."

"아… 네."

연종초만이 부를 수 있는 호칭으로 화운룡이 불쑥 부르자 연본교는 깜짝 놀랐다.

"초후들은 언제 도착하느냐?"

"그들은……."

연본교는 대답하지 못하고 연종초를 쳐다보았다. 이런 중요한 일을 화운룡에게 말해도 되느냐는 뜻이다.

연종초가 입술을 달싹거리지도 않은 채 연본교에게 전음을 보냈다.

[이분과 나는 모든 지식과 기억을 공유하게 되었다. 나는 이분의, 이분은 나의 모든 것들을 알고 있다. 한 번만 더 대답을 망설이면 벌을 내리겠다.]

연본교는 약간 멍한 표정을 지었다가 곧 화운룡에게 공손히 대답했다.

"아마 오늘 밤 중으로 모두 도착할 것입니다."

화운룡은 찰하륜에게 불쑥 물었다.

"초후들 중에 천황파가 있느냐?"

찰하륜은 화들짝 놀랐다가 당황한 얼굴로 대답했다.

"어… 없습니다."

"확신하느냐?"

"그것은……."

찰하륜은 대답하지 못하고 전전긍긍했다.

화운룡은 찰하륜에 대해서 조금 알고 있다. 그를 직접 본 것은 지금이 처음이지만 이 년 전쯤 아월에게 찰하륜에 대해서 들은 적이 있었다.

화운룡이 북경 광덕왕부에 잠입했을 때 서절신군을 죽인 적이 있었는데 그의 여제자가 아월이었다.

그 자리에서 화운룡이 서절신군 모습으로 변신을 한 걸 보고 아월은 그가 사부인 줄 알고 따랐었다.

하지만 그녀는 나중에 화운룡이 사부가 아닌 줄 알게 되었으면서도 그를 줄곧 따르다가 동태하 전투 때 헤어졌다. 모르긴 해도 십중팔구 죽었을 것이다.

그때 아월은 찰하륜이 비찰림주이며 광덕왕 주헌결이 천신국에 가 있는 동안 사건 의제라고 알려주었다. 주헌결이 의형이고 찰하륜이 의제다.

화운룡은 우선 찰하륜이 믿을 수 있는 인물인지를 확인해 보기로 했다.

가장 확실한 방법이 잠혼백령술로 상대의 심지를 제압하는 것인데 연종초와 연본교가 뻔히 보고 있는 자리에서 찰하륜의 혈도를 이십칠 곳이나 제압해야 한다는 것은 조금 머쓱한 행동이다.

그래서 화운룡은 그런 번거로운 방법을 쓰지 않고 상대의 심지를 제압하는 방법이 없을까 궁리해 보다가 어떤 한 가지 생각이 떠올랐다.

'심심상인과 심지공이라면? 그리고 거기에다가 잠혼백령술을 가미하면……'

심심상인은 두 사람의 가슴을 밀착시켜서 내 기억을 상대에게 전해주거나 상대의 기억을 내게 가져오는 것이고, 심지공은 내 생각이나 구체적인 정황, 무공구결 따위를 일방적으로 주입하는 것, 그리고 잠혼백령술은 상대의 심지를 제압하여 실토를 받아내는 수법이다.

　그러니까 이 세 가지 수법에서 장점이나 꼭 필요한 것들만 뽑아내서 합친다면, 상대에게 손을 대지 않고 심지를 제압하거나 머릿속에 들어 있는 기억과 지식을 빼내는 것이 전혀 불가능한 일이 아닐 것 같았다.

　연종초는 화운룡이 찰하륜을 주시한 채 골똘한 생각에 잠긴 것을 보고 그가 생각을 끝내기를 기다렸다.

　'이거 어쩌면……'

　그는 잠혼백령술보다 더 좋은 수법을 생각해 냈으나 조금만 더 다듬으면 그보다 훨씬 더 괜찮은 수법이 될 것 같아서 생각을 멈추지 않았다.

　그리고 그는 열 호흡쯤 더 생각하다가 매우 만족할 만한 수법을 만들어내고서야 입가에 엷은 미소를 머금었다.

　지금처럼 꽤 깊은 고심을 하여 새로운 수법을 만들어내고 그것이 과연 성공할 것인지 진지하게 기대할 때의 이런 두근거리는 상황을 그는 매우 좋아한다.

　그가 방금 만들어낸 새로운 수법은 이론상으로는 추호의

허점이나 잘못이 없기 때문에 성공할 수밖에 없고 성공해야만 당연한 일이다.

그런데도 두근거리고 긴장이 되는 이유는 이론으로는 완벽한데 실제로는 불완전한 경우가 왕왕 있기 때문이다.

그는 표적으로 삼은 찰하륜을 담담한 표정으로 쳐다보면서 그의 신체 어느 부위에 무형지기를 얼마나 주입할 것인지 대중을 해보았다.

아니, 그가 방금 전에 완성한 수법은 무형지기를 발출해서 상대에게 주입하는 것이 아니다.

엄밀하게 말하자면 무형지기가 아니라 무형지강을 심심상인과 심지공, 잠혼백령술에서 발췌한 수법에 의하여 상대에게 쏘이고 되돌아온 무형지강에 묻은 상대의 기억이나 정신을 읽어내는 것이다.

그가 무척이나 담담한 표정이라서 연종초 등은 설마 그가 찰하륜을 상대로 무엇인가를 시도하려고 한다는 사실을 짐작도 하지 못했다.

아무런 음향이나 모습도 없이 화운룡에게서 무형지강이 발출되어 찰하륜의 머릿속으로 주입됐다가 다시 화운룡에게 되돌아왔다.

그리고 화운룡은 되돌아온 강기가 가져온 것을 읽었다. 즉, 찰하륜의 생각을 읽는 것이다.

이것은 상대와 가슴을 맞대지 않고, 이십칠 개의 혈도를 제압하지 않고서도 단지 무형지강을 뿜어서 심심상인을 전개한다는 것이다.

심심상인은 지나간 기억을 알아내지만 이것은 지나간 기억과 현재의 기억, 그리고 지금 무엇을 생각하고 있는 것까지 모조리 동시에 알아낸다.

기억이란 수십 년 전의 것도 방금 전의 것도 모두 망라하는 것이다.

[이 사람 뭐지? 네 명의 초후 중에서 천황파가 없는 것은 분명하지만 내 목숨을 내놓을 정도로 확신하지는 않아. 하지만 이 사람에게 그런 식으로 말할 수는 없잖아. 거기에 대해서 캐물으면 뭐라고 대답하지? 아… 정말 미치겠네…….]

화운룡은 찰하륜의 머릿속을 잠시 훑고는 그가 천황파가 아니며 그에게 더 알아낼 것이 없다는 결론을 내리고 그에게 행한 수법을 거두었다.

연종초가 화운룡에게 다정한 표정으로 말했다.

"이자에게 묻고 싶은 것이 있나요?"

화운룡은 미소를 지으며 고개를 가로저었다.

"없어."

연종초가 찰하륜에게 천황파 세력에 대한 구체적인 보고를 듣는 동안 화운룡은 차를 마시면서 그제야 천천히 주위를 둘러보았다.

지금 그가 있는 이곳 운룡재 삼 층은 예전에 그와 옥봉이 거실로 사용하던 곳이다.

그리고 노대는 그와 옥봉이 즐겨 찾으며 차와 술을 마시던 장소였다.

그런데 지금 이곳은 연종초가 숙소로 사용하고 있다. 따지고 보면 옥봉과 연종초 둘 다 화운룡의 여자라는 점이 같으니 참으로 묘한 인연이다.

호수에서 시선을 거두어 연종초를 보려던 화운룡의 시선에 그 옆에 서 있는 연본교의 모습이 들어왔다.

연본교는 물끄러미 연종초를 응시하고 있으며 왠지 안쓰러운 듯한 표정을 짓고 있다.

화운룡은 어째서 그녀가 연종초를 안쓰럽게 바라보고 있는지 이유가 궁금해졌다.

'저 여자의 머리를 투사(投射)해 봐야겠군.'

그는 조금 전에 찰하륜에게 시전했던 수법을 연본교에게 전개했다.

눈에 보이든, 보이지 않든 쇠를 뚫고 바위를 부수는 엄청난 위력의 강기를 사람의 몸에 통과시켰다가 되돌아오게 하는 것, 더구나 상대가 전혀 느끼지 않도록 하는 것은 화운룡 같은 초극고수라고 해도 쉬운 일이 아니다.

그때 어떤 기억이 연본교에게서 화운룡의 뇌로 전해졌다.

'이건 뭐지?'

그런데 부분적이라서 투사된 기억이 무슨 뜻인지 아직은 또렷하게 알 수가 없다.

                    *   *   *

단절된 몇 개의 부분적인 짧은 기억들이 빠르게 화운룡에게 전해지며 모습을 갖추었다.

그것은 어떤 한 사람에 대한 기억이며 연본교는 지금 이 순간도 그 사람에 대해서 생각을 하고 있다.

그러니까 그녀는 그 사람을 생각하면서 연종초를 안쓰럽게 바라보고 있는 것이다.

그때 연본교가 화운룡을 쳐다보았다. 그러고는 부릅뜬 눈에서 새파란 살광이 뿜어졌다.

화운룡은 들킨 것 같은 느낌이 들었다. 그럴 리가 없는데도 그런 느낌이 강하게 들었다.

정말 그렇다면 무형강기가 연본교의 머릿속에 스며들었다가 나와서 화운룡에게 돌아오는 과정에 그녀가 무언가를 느꼈다는 뜻이다.

그 정도의 극히 미미한 파동은 설령 절정고수라고 해도 절대로 감지하지 못한다. 감지하려면 초극고수는 돼야 한다.

그때 연본교가 화운룡 얼굴에 시선을 고정시킨 채 천천히 다가왔다.

연종초는 찰하륜의 보고를 듣느라 연본교의 행동에 신경을 쓰지 않고 있다.

화운룡이 연본교에게서 얻어낸 기억은 하나인데, 그녀가 천신모(天神母)를 상전으로 모시고 있다는 사실이다.

연본교는 여황인 연종초의 우호법이다. 그렇다면 연종초를 상전으로 모셔야 당연한데 다른 사람인 천신모라는 인물의 수하라는 것이 이상하다.

연본교의 머리에서 '천신모'라는 것에 이어 뿌리에 고구마들이 주렁주렁 매달린 것 같은 몇 개의 내용이 있었지만 아직 정리되지 않았다.

연본교는 화운룡이 앉아 있는 곳에서 네 걸음까지 다가오며 준엄한 표정으로 전음을 보냈다.

[내게 무슨 짓을 하는 것이오?]

화운룡은 그녀를 똑바로 주시했다. 그의 수법을 그녀가 감지했다는 것도 뜻밖이지만 그녀가 상전으로 모시고 있는 천신모가 누구인지 궁금해서 그녀의 머릿속 생각을 읽는 일을 멈추고 싶지 않았다.

[무슨 짓을 하는 것이냐고 묻지 않소?]

연본교가 화운룡의 두 걸음 앞에 멈춰서 앉아 있는 그를 무섭게 굽어보며 전음으로 낮게 외쳤다.

화운룡은 앉은 채 그녀를 똑바로 주시했다. 말을 하면 그녀에게 주입하고 있는 무형강기가 흐트러질까 봐 아무 말도 하지 않고 계속 수법을 전개했다.

그가 보기에 연본교는 화운룡이 무엇을 하고 있는지 모르는 게 분명하다.

하긴 그가 그녀의 머릿속을 온통 들쑤셔서 기억과 생각을 알아내고 있다는 것을 상상이나 할 수 있겠는가.

그렇기 때문에 그녀는 속이 뒤숭숭해서 불안함을 느끼고 있을 것이다.

그녀는 무엇인지는 모르지만 뭔가가 자신의 몸이나 머릿속에 침투한 느낌이 가시지 않자 살벌한 표정을 지으며 화운룡을 위협했다.

[여황이 있다고 해서 내가 당신에게 아무 행동도 취하지 못할 것 같소?]

화운룡은 일단 연본교에게서 알아낼 수 있는 것들을 다 알아냈다고 생각했다. 하지만 그녀에게 쏘아 보내는 무형강기를 거두지 않았다.

방금 전에 그녀가 한 말 때문이다. 화운룡이 연종초의 정인이라는 사실을 알면서도 과연 그에게 손을 쓸 수 있는지 확인해 보고 싶어졌다.

만약 그녀가 손을 쓴다면 연종초의 분노를 기꺼이 감수하겠다는 뜻이다.

또한 그것은 천신모라는 존재가 연종초보다 위에 군림하고 있다는 사실이다.

화운룡은 방금 해령경력(解靈鏡力)이라고 이름을 붙인 이 수법을 계속 연본교에게 전개했다.

그러나 연본교는 화운룡을 무섭게 쏘아보다가 잠시 후 다소 풀어진 표정으로 전음을 보냈다.

[대체 내게 무슨 짓을 하는 것이오?]

화운룡은 해령경력을 거두고 시치미를 떼며 역시 전음으로 반문했다.

[나는 그대를 쳐다보기만 했을 뿐인데 어째서 자꾸 이상한 말을 하는 것이오?]

연본교는 정신을 살살 긁어대는 듯한 기분 나쁜 느낌이 갑자기 씻은 듯이 사라진 것을 느꼈다.

그녀는 화운룡에게서 한시도 시선을 떼지 않았기 때문에 그가 손가락 하나라도 까딱하면 즉시 알 수가 있다.

하지만 겨우 두 걸음 거리에서 그녀가 두 눈 부릅뜨고 지켜본 바에 의하면 그가 한 일이라고는 눈을 두어 번 깜빡거린 것뿐이었다.

더구나 그녀가 화운룡을 지켜보고 있는 중에 계속해서 기분 나쁜 느낌이 들다가 사라졌는데도 화운룡은 아무런 행동도 취하지 않았다.

께름칙하기는 하지만 조금 전의 기분 나쁜 느낌이 화운룡 때문은 아닌 것 같았다.

화운룡은 조금 억울한 표정을 지었다.

[그대는 나를 미워하는 것이오?]

연본교는 크게 당황했다.

[아… 아닙니다… 그럴 리가 있겠습니까?]

그녀는 조금 전의 그 불쾌한 느낌이 무엇인지, 어째서 그런 것 때문에 연종초의 정인에게 씻기 어려운 결례를 범한 것인지 후회막급이다.

쏴아아!

운룡재 앞마당으로 갑자기 거대한 대묘붕이 날아들었다.

태주현 외곽 야산 은밀한 곳에 대묘붕이 숨어 있으며, 옥봉 등은 태주현 내의 주루에서 쉬면서 화운룡을 기다리고 있는 중이었다.

운룡재 삼 층 노대에 앉아서 차를 마시고 있던 화운룡은 마당으로 하강하는 대묘붕 등에 야말과 굴락이 타고 있는 것을 발견했다.

느닷없는 대묘붕의 출현에 연종초와 연본교, 찰하륜은 하던 일을 멈추고 운룡재 아래 마당을 내려다보았다.

화운룡이 아래를 굽어보며 말했다.

"올라와라."

야말과 굴락은 난간 가에서 아래를 굽어보는 화운룡을 발견하고 반가운 표정을 짓더니 즉시 신형을 날려 수직으로 솟구쳤다가 삼 층 노대에 나란히 내려섰다.

"전하!"

야말과 굴락이 부복하려는 것을 화운룡이 무형지기를 발출하여 제지하면서 물었다.

"무슨 일이냐?"

야말과 굴락은 화운룡이 무슨 일로 비룡은월문에 왔는지 잘 알고 있는데도 불구하고 그를 찾아왔다는 것은 중요한 일이 발생했다는 뜻이다.

야말이 공손히 보고했다.

"수상한 자들이 이곳으로 접근하고 있다고 부상인자들이 감지하여 전서구를 보냈습니다."

"이곳이라니, 비룡은월문 말이냐?"

연종초와 연본교, 찰하륜도 가까이 모여서 두 사람의 대화를 들었다.

"그렇습니다. 그들은 약 천 명이며 현재 백오십여 리 북서쪽에서 빠른 속도로 접근하고 있습니다. 여러 정황으로 미루어 볼 때 그들이 이곳을 향하고 있는 것이 분명하다는 부상인자들의 판단입니다."

그 말을 듣고 연종초와 연본교는 궁금한 것들이 생겼지만 야말이 화운룡에게 보고하고 있기 때문에 참았다.

"그들이 누구냐?"

"저는 그자들을 아직 보지 못했습니다. 부상인자들이 발견하여 전서구로 연락한 것입니다. 여기 이것이 부상인자들이 보내온 서찰입니다."

야말은 품속에서 접은 서찰을 꺼내 펼쳐서 화운룡에게 공손히 내밀었다.

"부상어인데 아시겠습니까?"

화운룡은 묵묵히 서찰을 받아서 읽기 시작했다.

연종초가 가까이 다가와 화운룡 옆에서 허리를 굽히고 어깨너머로 같이 읽었다.

야말은 바로 앞 반 장 거리에서 젊은 절색미녀가 화운룡과 뺨을 거의 붙일 듯이 나란히 서찰을 읽는 것을 보면서 그녀가 누구인지는 모르지만 여황은 아닐 것이라고 짐작했다.

그는 여황을 한 번도 본 적이 없지만 설마 여황이 이렇게 젊고 아름다우며 무엇보다도 화운룡하고 이렇게 친근할 것이라고는 생각하지 않았다.

슥—

그때 화운룡이 자연스럽게 연종초의 허리를 안아서 자신의
무릎에 앉혔다.

연종초는 토실토실한 엉덩이를 화운룡의 허벅지에 얹고 한
팔을 그의 어깨에 두르고는 다정하게 같이 서찰을 읽었다.

연본교는 아까 화운룡과의 껄끄러운 일 때문에 조금 곱지
않은 시선으로 그 광경을 지켜보았다.

화운룡이 자기를 무릎에 앉힌 것 때문에 기분이 한껏 좋아
진 연종초가 종알거렸다.

"당신 부상어 할 줄 알아요?"

"응."

역시 부상어를 할 줄 아는 연종초는 날아갈 것 같은 기분
으로 서찰을 읽었다.

서찰의 내용은 야말이 보고한 것과 다를 바 없지만 한 가
지가 더 첨가된 것이 있는데, 이곳으로 몰려오고 있다는 자들
의 외모에 대한 설명이다.

"이자들은……?"

그런데 서찰을 다 읽은 연종초가 슬쩍 미간을 찌푸리며 중
얼거렸다.

그녀는 화운룡이 다 읽은 서찰을 연본교에게 건네주었다.

"읽어봐."

야말과 굴락은 조심스럽게 연종초와 연본교의 모습을 살피면서 그녀들이 누구일지 염두를 굴렸다.

연종초는 서찰을 다 읽은 연본교에게 물었다.

"누군 것 같아?"

연본교는 어두운 얼굴로 대답했다.

"흑천성군(黑天聖軍)인 것 같습니다."

"내 생각도 그래."

연종초는 화운룡의 허벅지에 앉아서 한 팔을 그의 어깨에 두른 자세를 풀지 않았다.

"이 상황을 어떻게 생각하지?"

연종초의 물음에 연본교는 착잡한 표정을 지으며 대답하지 못했다.

"그런 게 정말로 존재할 수 있는 거야?"

"……"

연종초는 연본교의 표정에서 그녀가 흑천성군에 대해서 뭔가 알고 있을지도 모른다는 사실을 직감했다.

"너는 흑천성군의 존재를 알고 있으면서도 나한테 숨기고 있었던 거야?"

연본교는 움찔하더니 적잖이 당황했다.

"그렇지 않습니다, 여황 폐하……"

순간 야말과 굴락이 소스라치게 놀라서 자신도 모르게 비틀거리면서 뒤로 몇 걸음 물러났다.

'허억!'

'맙소사… 여황 폐하라니……'

두 사람은 연종초가 설마 여황일 것이라고는 전혀 생각하지 않았었기에 기절초풍할 정도로 경악했다.

화운룡 허벅지에 오도카니 앉아서 그의 어깨에 팔을 두르고 있는 천하절색의 젊은 여인은 천신국의 어느 누가 봐도 여황이라고 생각하기 어려울 것이다.

안색이 하얗게 탈색한 야말과 굴락은 온몸을 부들부들 떨면서 급히 바닥에 납작하게 부복했다.

그렇지만 연종초는 그들을 거들떠보지도 않은 채 연본교를 다그쳤다.

"흑천성군을 누가 만든 거지?"

연종초는 한 가지 물음에 대해 되풀이해서 똑같이 질문하지 않았다.

연본교가 대답하지 않는 것을 시인하는 것 즉, 그녀가 흑천성군에 대해서 알고 있는 것으로 받아들였기 때문이다.

"누구야?"

이 질문에 대해서 연본교는 대답을 하지 못했지만 연종초는 자기 멋대로 결론을 내리지 못했다. 그만큼 이 일이 매우 중대하다는 뜻이다.

"저는 모릅니다."

고구려의 정신적 지주인 연신가에는 천 년 전부터 전해 내려오는 비급서(祕笈書)가 한 권 있으며 그것을 흑천성록(黑天聖錄)이라고 한다.

오백여 년 전에 고구려가 멸망했을 때에도 흑천성록을 열지 않았었다.

연신가나 천백문이 멸문했을 때에만 흑천성록을 열 수 있다는 엄중한 가문의 규칙이 있기 때문이다.

그 말은 달리 말하면 고구려보다 연신가나 천백문이 더 중요하다는 의미라고 할 수 있다.

그런데 고구려가 멸망했을 때에도 열지 않았던 흑천성록이 열린 것이다.

어떻게 그것을 아느냐면 흑천성록이 열렸기 때문에 흑천성군이 탄생을 한 것이다.

흑천성록에는 세 가지 무공과 하늘에서 내렸다는 군사를 양성하는 비법이 적혀 있다.

세 가지 무공을 완벽하게 연마하고 흑천성록의 비법대로 양성된 군사가 바로 흑천성군이다.

흑천성록의 서문에는 '흑천성군 일천 명으로 일국을 멸망시킬 수 있다'는 글이 기록되어 있다.

불과 천 명만으로 한 나라를 멸망시킬 수 있다는 글이 사실이라면 흑천성군의 위력이 어느 정도인지 짐작할 만하다.

그러나 지금까지 흑천성록이 열렸던 적은 한 번도 없었다.

부상인자들이 직접 목격하고 서찰에 묘사한 자들의 모습은 연신가 가주들의 입에서 입으로 전해져 내려온 흑천성군의 모습과 매우 흡사하다.

만약 연종초와 연본교가 짐작하는 것처럼 그들이 흑천성군이라면, 그래서 연종초를 죽이러 오는 것이라면 그녀가 살아날 확률은 채 일 할도 되지 못할 것이다.

일국을 멸망시킬 수 있다는 흑천성군 천 명이 연종초를 죽이러 오는데 어찌 살아날 수 있겠는가.

화운룡은 흑천성군이라는 말을 들어본 적이 없기에 연종초가 그것에 대해서 설명해 주기를 기다렸다.

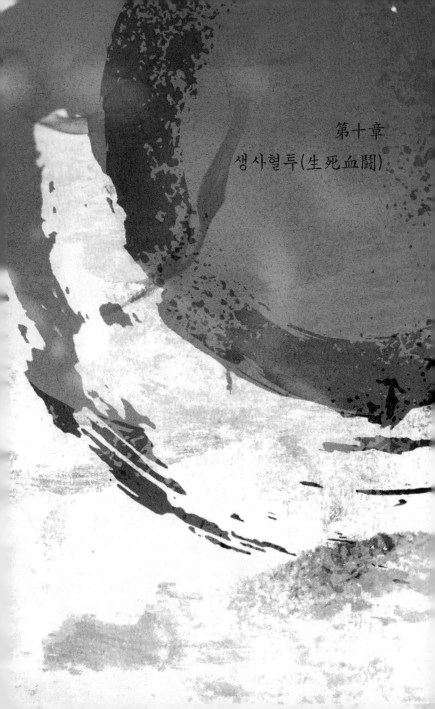

第十章

생사혈투(生死血鬪)

 연종초는 흑천성군을 누가 만들었냐고 물었으며 연본교는
모른다고 대답했다.

 하지만 사실은 두 사람 다 흑천성군을 누가 만들었는지 짐
작은 하고 있다.

 흑천성록이 소장되어 있는 연신가의 성역에는 가주만이 출
입할 수 있다.

 그리고 흑천성록을 열려면 가주는 물론 장로 회의에서 성
역을 여는 개관 결정이 떨어져야만 한다.

 또한 흑천성록이 열렸다고 해도 흑천성군이 하루아침에 만들어지는 것이 아니다.

짧게 잡아도 최소한 십 년은 걸려야 흑천성군을 완성할 수가 있는 것이다.

현재 비룡은월문을 향해서 오고 있다는 천 명이 흑천성군이 맞는다면, 그리고 그들을 보낸 자가 천황이라면 이 일은 흑천성군을 물리치는 것만으로 끝나지 않는다.

현 연신가의 가주가 장로 회의에서 개관 결정을 얻어내 흑천성록을 열었다는 얘기가 된다.

그것도 십 년 전에 말이다. 십 년 전이라면 연종초가 미래에서 과거로 회귀한 시점이다.

그녀가 과거로 회귀했을 때 흑천성군이 만들어지기 시작했다는 얘기다.

"이게 도대체……."

연종초는 어이없고 답답한 듯 고개를 돌리다가 자신을 바라보고 있는 화운룡과 시선이 마주쳤다.

여태 살벌한 표정이었던 연종초는 화운룡을 보자 화사하게 미소 지으며 달콤한 목소리로 그를 불렀다.

"서방님."

화운룡은 빙긋 미소 지었다.

"그게 무슨 말이지?"

연종초는 조금 수줍어했다.

"고구려에서는 남편을 서방님이라고 불러요."

화운룡은 상체를 뒤로 조금 물러나게 해서 연종초를 새삼스러운 표정으로 바라보았다.

연종초는 눈을 조금 크게 뜨고 물었다.

"그렇게 부르지 말까요?"

"아냐. 괜찮아."

연종초는 흑천성군에 대해서 화운룡에게 설명을 해주려다가 부복해 있는 야말과 굴락을 쳐다보았다.

"저들은 누구죠?"

화운룡이 잠력을 발출하자 야말과 굴락의 몸이 저절로 펴져서 일어났다.

"천신국에서부터 날 도와준 남천국 투정수들이야."

연종초는 밝은 표정을 지었다.

"그래요?"

그녀는 야말과 굴락을 쳐다보며 치하했다.

"너희들이 서방님을 도왔다니 수고했다."

야말과 굴락이 다시 부복하려는데 연종초가 잠력을 발출하여 제지했다.

"내 서방님께서는 수하들이 부복하는 것을 싫어하시니까 이후로는 내게 부복하지 마라."

"여황 폐하……."

야말과 굴락은 크게 놀라서 몸을 세차게 떨었다.

"너희 남천국에서의 지위가 무엇이냐?"

야말이 허리를 굽히고 떨리는 목소리로 아뢰었다.

"저는 남천국 십육 개 관문을 맡고 있는 금투총령사 야말이고 이자는 제 수하인 굴락입니다. 여황 폐하……."

연종초는 부드러운 미소를 지었다.

"너희들 소원이 무엇이냐?"

연종초의 느닷없는 물음에 야말과 굴락은 황송해서 어쩔 줄 몰라 연신 굽실거렸다.

"여황 폐하… 저희들은 할 일을 했을 뿐입니다……."

"너희가 서방님을 도왔기에 내가 고마워서 보답을 하려는 것이니까 어서 말을 해라."

연종초는 조금 전까지만 해도 흑천성군의 출현 때문에 신경이 극도로 날카로웠는데 지금은 그 일을 잊어버린 사람처럼 행동하고 있다.

화운룡은 아무래도 야말과 굴락이 소원을 말하지 않으면 연종초가 그들을 놔주지 않을 것 같아서 자신이 나섰다.

"야말, 굴락."

"전하……."

야말과 굴락이 허리를 굽히자 연종초가 지적했다.

"전하가 아니라 폐하라고 불러야 한다."

화운룡이 여황인 자신과 동격이라는 뜻이다.

"폐하……."

"너희들 옆방에 가서 잠시 쉬면서 소원이 무엇인지 생각했다가 이따 말해다오."

화운룡이 야말과 굴락을 옆방으로 보낸 후에 연종초가 그에게 흑천성군에 대해서 자세히 설명해 주었다.

"음……."

설명을 모두 듣고 난 화운룡은 굳은 표정을 지으며 낮게 신음을 흘렸다.

흑천성군에 대한 내용이 예상했던 것보다 훨씬 더 심각하기 때문이다.

연종초가 아미를 찡그리며 말했다.

"서방님, 흑천성군이 세상에 출현한 것도 큰일이지만 그보다는 당금 연신가주가 무엇 때문에 흑천성군을 만들었느냐가 더 중요해요."

"연신가주가 흑천성군을 만든 것이 분명해?"

"오로지 가주만이 장로 회의를 통해서 흑천성록을 열 수가 있어요."

화운룡은 연종초에게 찰하륜을 턱으로 가리켰다.

"이자 내보내."

"나가 있어라."

연종초가 찰하륜을 내보내고 나서 화운룡은 진지한 표정으로 연종초에게 말했다.

"내 목적은 천황파를 멸절시켜서 종초의 여황으로서의 권력을 공고하게 만드는 거야."

"네."

"그러면 종초는 여태까지처럼 중원 천하를 평화롭게 지배하면 돼. 더 바라는 것은 없어."

연종초는 감동한 표정으로 화운룡을 바라보았다.

"고마워요."

그녀는 화운룡이 허벅지에 앉힌 이후에 내려올 생각을 하지 않았고 화운룡은 그녀를 그냥 내버려 두었다.

"그런데 흑천성군에 대한 설명을 들어보니까 내 생각에 문제는 천황파가 아닌 것 같아."

연종초는 의아한 표정을 지었다.

"그럼 뭐가 문제죠?"

화운룡은 매우 진지하게 말했다.

"종초와 천황을 조종하고 있는 인물이 있는 것 같아."

순간 연본교의 표정이 움찔 변했지만 화운룡과 연종초는 서로를 바라보고 있느라 알지 못했다.

연종초는 깜짝 놀라더니 눈을 크게 뜨고 물었다.

"흑천성군을 만든 연신가주를 말하는 건가요?"

연종초는 고개를 가로저었다.

"연신가주가 연조음은 조종할지 몰라도 저는 아니에요."

"연신가주가 아냐."

연종초는 의아한 표정을 지었다.

"그럼 누구죠?"

그녀는 화운룡이 어떤 인물을 말하더라도 그가 자신의 위에 군림하지도 않을뿐더러 조종하는 것은 더더욱 아니라는 사실을 증명할 수 있다고 자신했다.

"천신모."

"앗!"

화운룡의 입에서 '천신모'라는 말이 나오자 연본교가 놀라서 부지중에 나직한 외침을 터뜨렸다.

화운룡과 연종초의 시선이 동시에 연본교에게 향했다.

연본교는 화운룡이 천신모를 알고 있다는 사실에 놀라고 자신이 외침을 터뜨렸다는 사실에 당황했다.

연종초가 연본교에게 물었다.

"천신모라는 자를 알아?"

자신이 알고 있는 사실을 말을 하지 않을 뿐이지 거짓말을 못하는 연본교는 적잖이 당황하여 진땀만 흘리면서 아무 말도 하지 못했다.

"천신모가 누구지?"

"저는……."

올해 삼십삼 세에 후리후리한 체구의 연본교는 일그러진 표정을 지으며 대답하지 못하고 땀을 흘렸다.

그때 화운룡이 조용한 목소리로 말했다.

"종초 모친이 천신모야."

"……."

연종초는 화운룡을 보면서 의아한 표정을 지었다. 그의 말을 알아듣기는 했지만 뜻을 이해하지 못했다.

"종초 모친 연파란(淵波蘭) 말이야."

연본교는 경악하는 얼굴로 화운룡을 쳐다보았다. 연종초도 모르고 있는 사실을 어떻게 화운룡이 아는 것인지 귀신이 곡할 노릇이다.

연종초는 적잖이 놀라서 물었다.

"서방님이 우리 어머님을 어떻게 알죠?"

화운룡은 연종초의 가느다란 허리에 팔을 두르고 조용한 목소리로 말했다.

"종초는 모친을 마지막으로 본 것이 언제였지?"

"여덟 살 때였어요. 어머님의 임종을 저와 세 명의 언니가 지켰어요."

연종초는 과거를 회상하면서 말했다.

"어머님이 돌아가시고 보름에 걸친 장례식이 끝나고 나서 어머님의 유언에 따라 여덟 살짜리 어린 제가 연신가주에 취임했었어요."

그녀는 눈을 동그랗게 뜨고 의아한 얼굴로 물었다.

"그런데 돌아가신 어머님께서 천신모이며 저와 연조음을 조종하고 있다는 것은 무슨 말씀이죠?"

연종초는 천황을 반역의 수괴라는 호칭에서 연조음이라고 바꿔서 불렀다. 연조음은 그녀의 둘째 언니다.

화운룡은 단호하게 말했다.

"종초 어머님은 죽지 않았어."

"그게 무슨……."

그때 연본교가 쟁한 목소리로 외치면서 화운룡을 향해 벼락같이 쌍장을 내밀어 강맹한 강기를 발출했다.

"닥치시오!"

쿠아앗!

연본교와 화운룡의 거리는 세 걸음 정도에 불과한 탓에 그녀가 강기를 발출하는 즉시 화운룡이 적중될 수밖에 없는 상황이다.

그러나 화운룡은 연본교가 급습을 시도할 것이라고 미리 준비하고 있었기에 왼손을 가볍게 내밀어 여의일천인 여의천도(如意天濤)를 뿜어 상대했다.

쩌엉!

"흐윽……!"

화운룡은 한 손 일장이고 연본교는 쌍장이지만 두 줄기 경기가 격돌하자 연본교는 두 팔이 으스러지는 듯한 통증을 느끼며 뒤로 둥실 떠서 퉁겨 날아갔다.

화운룡이 절반의 공력을 발휘했는데도 연본교를 단번에 거꾸러뜨리지 못했다는 것은 그녀의 공력이 사백 년에 육박한다는 뜻이다.

더구나 그녀는 반탄력에 의해 날아가다가 허공중에서 재빨리 운룡번신의 신법으로 몸을 뒤집어 화운룡을 향해 쏘아오면서 재차 공격을 가해왔다.

지이잉!

그런데 쏘아오는 연본교의 오른손에 방금 전까지만 해도 없었던 한 자루 금빛 검이 쥐어져 있다.

연종초는 연본교가 느닷없이 화운룡을 급습한 것 때문에 크게 놀라서 반격하려고 했으나, 화운룡이 허리를 감은 팔에 힘을 주어 움직이지 못하게 하는 바람에 그대로 그의 허벅지에 앉아 있을 수밖에 없었다.

그런데 첫 번째 공격에 격퇴당한 연본교가 두 번째로 공격하면서 무형지검을 만들어내자 연종초는 적잖이 놀라 낮게 부르짖었다.

"삼천검!"

오로지 여황만이 연마할 수 있는 천신천세천극검은 '천' 자가 세 번 들어가서 삼천검이라고 부르기도 한다.

지난번 금불산 용황락에서 천황 연조음이 연종초를 공격할 때 삼천검을 전개해서 놀라게 하더니 이제는 연본교까지 삼천검을 전개하고 있는 것이다.

그 순간 연본교가 수중의 금검을 치켜들었다가 맹렬하게 그어 내렸다.

구오오옴!

그걸 보고 연종초의 안색이 하얗게 변했다.

"천극파멸검!"

그녀는 손으로 화운룡의 팔을 잡고 몸을 날리려고 했다.

"서방님! 피해요!"

연본교가 어째서 화운룡을 죽일 듯이 공격하고 있는 것인지는 나중 문제다.

지금은 가로막는 모든 것들을 파멸시킨다는 천극파멸검을 피해야만 하는 상황이다.

연종초가 아는 한 천극파멸검에 맞서는 것은 명을 재촉하는 일이다.

그런데 그녀는 몸을 날리지 못했다. 그녀의 허리를 안고 있는 화운룡의 팔에 약간의 힘이 들어갔는데 그것 때문에 꼼짝도 하지 못했다.

그녀가 알고 있는 화운룡의 무공 수준은 연본교에 비해서 한 수 아래다.

예전 동태하에서 그는 연종초의 일장을 맞받아쳤다가 강물 속에 처박혔었다.

그런 그가 연본교의 공격을 그것도 천극파멸검에 맞선다는 것은 자살행위나 다름이 없다.

그렇지만 연종초는 화운룡이 자신의 허리를 안고 있는 팔에 약간의 힘을 주었을 뿐인데도 그녀가 꼼짝도 하지 못하고 있다는 사실을 깨닫지 못했다.

화운룡은 오른손을 연본교를 향해 뻗어 여의칠천 중에서 가장 빠른 속도를 자랑하는 여의삼천 여의천궁을 팔 성의 공력으로 발출했다.

키유웅!

연본교가 발출한 천극파멸검의 금빛 검강이 화운룡의 머리를 향해 그어져 내리고 있을 때 여의천궁의 흐릿한 빛줄기가 금빛 검강을 뚫고 쏘아 올랐다.

퍼어—

"악!"

여의천궁의 반투명한 강기의 화살이 연본교의 오른쪽 어깨에 쑤셔 박혔다.

　　　　　*　　　　　*　　　　　*

쿵!

"흐윽!"

연본교는 실내를 가로질러 날아가서 등을 맞은편 벽에 호되게 부딪쳤다.

그런데 그녀는 부딪친 벽에 등이 딱 붙어버린 것처럼 바닥에서 석 자 높이 벽에 떠 있는 상태다.

그리고 그녀의 오른쪽 어깨에는 반투명한 빛기둥 하나가 꼿꼿하게 튀어나와 있다.

화운룡이 발출한 여의천궁 강기화살 즉, 강전(罡箭)인데 연본교의 어깨를 뚫고 벽에 깊숙이 꽂혀서 그녀를 허공에 매달아놓은 것이다.

연종초는 크게 놀란 얼굴로 연본교와 화운룡을 번갈아서 쳐다보았다.

그녀는 연본교가 삼천검의 마지막 절초인 천극파멸검을 전개한 것에 놀랐지만 화운룡이 간단하게 그녀를 제압하는 것을 보고 더욱 놀랐다.

연종초는 원래 아무리 큰일이라고 해도 눈 하나 까딱하지 않는데 화운룡의 일이라면 아무리 작은 일이라고 해도 감정의 기복이 매우 심했다.

방금 전에도 화운룡이 없었다면 이 정도 일이 그녀를 놀라게 하진 못했을 것이다.

화운룡은 연종초의 허리를 안은 채 일어섰다가 그녀를 가볍게 바닥에 내려주고 연본교에게 걸어갔다.

연종초는 이끌리듯이 화운룡 뒤를 따랐다. 걸어가면서 그녀는 조금 전 화운룡의 말을 떠올렸다.

그는 연종초의 모친이 죽지 않았으며 그녀가 천신모이고 연종초와 연조음 둘 다 조종하고 있다고 말했다.

그리고 그가 무슨 말을 더 하려고 할 때 그의 입을 막기 위해서 연본교가 급습을 가했다.

삼천검의 천극파멸검까지 전개한 것을 보면 연본교는 화운룡을 죽이려는 의도가 분명했다.

죽은 자는 말이 없는 법이다. 그러니까 일단 화운룡을 죽인 후에 연종초가 분노하면 연본교가 제 마음대로 말을 만들어서 변명하면 된다고 생각했다.

연본교는 아래쪽에 나란히 서 있는 화운룡과 연종초를 보면서 얼굴을 일그러뜨렸다.

"으음… 천극파멸검을 깨다니……."

그녀는 천극파멸검이라면 화운룡을 죽이고도 남을 것이라는 믿음이 깨진 충격이 매우 컸다.

콱!

그녀는 왼손으로 오른쪽 어깨에 꽂힌 반투명한 강전을 세게 움켜잡고는 뽑으려고 힘을 주었다.

그렇지만 강전은 꼼짝도 하지 않고 외려 강전의 예리함 때문에 그녀의 손아귀가 찢어져서 피가 줄줄 흘렀다.

그녀는 손에 강기를 주입한 상태이기 때문에 웬만한 보검으로도 상처를 낼 수 없는데도 불구하고 강전을 잡았다가 뜨거운 맛을 본 것이다.

그때 연종초가 화운룡을 보며 온화하게 미소 지었다.

"서방님, 제가 그녀를 다루어도 될까요?"

"좋도록 해."

말과 함께 그가 공력을 거두자 연본교의 어깨에 꽂혀 있던 강전이 흔적도 없이 사라지면서 그녀의 몸이 아래로 쑥 떨어져 내렸다.

그러나 그녀의 두 발은 바닥에 닿기 전에 뚝 멈추었다. 바닥에 떨어지기 전에 연종초가 무형 잠력을 뿜어서 그녀를 제압해 버렸기 때문이다.

혈도를 제압하는 것이 아니라 무형의 잠력으로 연본교가 손가락 하나 까딱하지 못하도록 친친 옭아맨 것이다.

바닥에서 한 자 높이에 벽을 등지고 선 자세로 허공에 떠 있는 연본교는 착잡하기 짝이 없는 표정이다.

지금 그녀는 살아 있다고는 해도 차라리 죽은 것보다 못한 상황인 것이다.

화운룡은 천천히 두 걸음 뒤로 물러나서 뒷짐을 지고 관망하기로 했다.

연종초는 조금도 화가 나지 않은 듯한 차분한 얼굴로 연본교에게 조용히 물었다.

"내게 할 말이 있느냐?"

연본교는 착잡한 표정을 지으며 감히 연종초와 눈을 마주치지 못했다.

"용서하십시오."

"내가 모르고 있는 것이 있느냐?"

연종초는 여덟 살 어린 나이에 가주가 되어 칠십팔 세까지 장장 칠십 년 동안 연신가를 이끌다가 과거로 회귀했다.

그녀에겐 세 명의 언니가 있으며 그녀들은 짧게는 오십 년에서 길게는 칠십 년, 그녀가 회귀할 때까지 태상호법과 좌우호법으로 그녀를 최측근에서 보필했었다.

그녀들 중에서 셋째 언니인 연본교는 연종초보다 일곱 살 많으며 우호법으로서 연종초가 과거로 회귀하는 그 순간까지 곁을 지켰었다.

그렇기 때문에 그녀들이 딴마음을 먹고 연종초를 배신한다거나 연종초가 모르는 사실을 자신들끼리만 알고 있을 가능성이 거의 전무한 것이다.

"폐하……."

연종초는 미간을 살짝 좁혔다.

"내가 너를 고문해야겠느냐?"

연종초는 연본교를 터럭만큼도 언니라고 생각하지 않는다. 연본교를 비롯한 세 명의 언니가 연종초의 언니 노릇을 한 것은 불과 팔 년뿐이었으나, 수하로서 오십여 년에서 칠십여 년 동안 연종초 곁을 지켰기 때문에 언니라기보다는 수하라는 생각이 더 강하다.

연본교는 착잡한 표정을 지었다.

"죽여주십시오."

고문을 하거나 죽인다고 해도 절대로 입을 열지 않겠다는 뜻이다.

"네가 감히……."

연종초는 발끈하여 싸늘하게 연본교를 노려보았다. 그러면서 그녀는 내심으로 연본교를 어떻게 고문할 것인지 방법을 생각했다.

화운룡은 이쯤에서 자신이 나서야겠다고 생각했다.

"종초, 내가 사람의 심지를 조종할 줄 알아."

연종초는 밝은 표정을 지으며 돌아보았다.

"그래요? 그렇다면 서방님께 부탁해야겠군요."

연종초는 화운룡이 어떻게 해서 사람의 심지를 조종할 줄

아는 것인지, 그런 능력이 실제로 존재하는지 궁금하게 여기지 않았다. 그의 말이라면 무조건 믿기 때문이다.

화운룡은 연종초의 말이 떨어지기도 전에 잠혼백령술로 연본교의 심지를 제압했다.

파파파팟…….

"음……."

사실 화운룡은 아까 연본교에게 해령경력을 전개해서 그녀가 알고 있는 것들을 죄다 알아냈다.

하지만 그 사실을 자신이 연종초에게 얘기해 주는 것보다는 연본교의 입을 통해서 직접 듣는 것이 좋다는 생각에 이런 방법을 쓰는 것이다.

"어떻게 하면 되죠?"

화운룡에게 묻는 연종초의 얼굴에는 사랑스러움이 가득 떠올라 있다.

"이제부터 종초가 물으면 돼."

화운룡은 비룡은월문으로 몰려오고 있다는 천 명의 흑천성군을 상대하기로 결정했다.

흑천성군이 죽이려고 하는 연종초를 가루라에 태우고 이곳을 벗어나서 피해 버리면 간단한 일이기는 하다.

그렇지만 그것은 이 순간만 모면하고 보자는 미봉책에 불과할 뿐이다.

천황에게 연종초가 이곳에 있다는 사실을 알린 사람은 연본교가 아니었다.

그런데도 천황은 연종초가 있는 곳을 정확하게 알아내고 흑천성군을 보낸 것이다.

그 말은 연종초가 이곳을 피해서 다른 곳으로 가도 천황이 또 알아내서 흑천성군을 보낼 것이라는 뜻이다.

그렇다고 해서 천황이 찾아내지 못할 곳으로 연종초가 깊이 숨어드는 것은 아무런 의미가 없다.

화운룡과 연종초의 목적은 천황을 죽이고 천황파를 멸절시켜서 천신국이나 중원 천하를 평화롭게 만들자는 것이지 꼭꼭 숨어서 현실을 회피하는 것이 아니다.

화운룡은 야말과 굴락을 대묘붕에 태워 보내서 자신을 기다리고 있는 옥봉 등을 모두 데려오라고 명령했다.

천 명의 흑천성군을 상대하려면 웬만한 실력으로는 어림도 없을 것이다.

화운룡하고 같이 온 사람들은 야말과 굴락을 제외하곤 하나같이 절정고수 이상의 수준이라서 흑천성군을 전멸시키는 데 도움이 될 것이다.

야말과 굴락이 옥봉 등을 데리러 간 사이에 연종초는 조금 긴장한 얼굴로 말했다.

"서방님, 그녀들이 저를 미워하면 어떻게 하죠?"

심심상인을 통해 화운룡의 여자관계에 대해서 상세하게 알게 된 연종초는 불안함을 떨치지 못했다.

천신국 다섯 개 나라의 여황이라는 엄청난 신분의 그녀지만 화운룡 앞에서는 그저 한 사람의 여자일 뿐이다.

그녀는 자신이 이처럼 순종적이고 연약한 여자의 모습을 갖게 될 줄은 꿈에도 몰랐다.

그러나 그녀는 자신이 그런 모습을 갖게 된 것을 조금도 이상하게 생각하거나 후회하지 않았다.

연종초는 그저 화운룡 곁에 머물러 있기만 해도 한없이 행복해지는 여자가 돼버렸다. 이런 행복감은 전에는 한 번도 느껴보지 못했었다.

그런데 지금은 너무 행복해서 어느 순간 이 행복이 산산이 깨어질까 봐 그게 염려가 되었다.

그래서 화운룡의 정부인인 옥봉과 제이부인인 항아가 그녀를 미워하게 되어 그녀와 화운룡하고의 관계가 껄끄러워지고, 급기야 그녀가 그의 곁을 떠나야만 하는 불상사가 발생하면 어떻게 하나 걱정이 앞서는 것이다.

어쩌다가 그녀가 이런 걱정을 하는 일개 평범한 여자가 됐는지 놀랄 일이지만, 정작 그녀 자신은 그런 사실을 조금도 깨닫지 못하고 있다.

화운룡은 빙그레 미소를 지었다.

"괜찮다. 봉애나 치매 쌍은 그런 걸 갖고 너를 괴롭힐 속 좁은 여자가 아냐."

"그렇지만요."

연종초는 초조한 얼굴로 말했다.

화운룡은 옆에 앉아 있는 연종초의 등을 쓰다듬으며 부드럽게 물었다.

"왜 불안한 것이냐?"

"만약에 말이에요."

"그래."

"서방님이 여자라고 생각해 봐요."

"내가 여자라고?"

"네."

이건 가정이니까 그렇게 생각하는 것은 어려운 일이 아니다.

"그리고 옥봉이 남자예요."

"봉애가 남자라고?"

그런데 가정이 점점 꼬이고 있다.

"네, 그리고 여자인 서방님은 또 다른 여자와 같이 둘이서 옥봉을 남편으로 섬기고 있어요."

"음."

아무리 가정이지만 생각하기조차 싫은 방향으로 흐르고 있다. 옥봉이 남자고, 여자인 화운룡과 또 한 명의 여자, 그렇게 둘이서 옥봉을 남편으로 섬기고 있다니, 입맛이 쓰다.

"그런데 어느 날 남편인 옥봉이 생판 모르는 제삼의 여자를 데리고 와서 당신과 또 한 명의 여자에게 그녀가 세 번째 부인이라고 소개하는 거예요."

"허어……."

만약 그런 일이 현실에서 정말로 벌어진다면 화운룡은 미쳐 버리고 말 것이다.

연종초가 현실로 돌아와서 말을 이었다.

"지금 서방님이 저를 세 번째 부인이라고 옥봉과 항아에게 소개하려는 거예요."

"……"

화운룡은 갑자기 말문이 콱 막혔다.

그는 조금 전 가정에서 한 여자로서 또 한 명의 여자와 남편인 옥봉을 섬긴다고 했었다.

그런데 옥봉이 세 번째 부인을 데리고 온다는 말에 미쳐 버릴 것 같은 기분이 들었다.

단지 가정일 뿐인데도 미쳐 버릴 것 같은데 이제 잠시 후에 이곳에 도착하게 될 옥봉과 항아에게는 그 일이 진짜 현실로 일어나게 될 것이다.

과연 화운룡이 연종초를 세 번째 부인이라고 소개하면 옥봉과 항아의 기분이 어떻겠는가.

그뿐만이 아니다. 지난번에 옥봉이 항아를 두 번째 부인으로 인정하고 화운룡과 항아의 잠자리까지 마련해 주었을 때 그녀의 심정이 도대체 어땠을까 생각해 보니까 화운룡은 가슴에 대못이 박히는 것 같은 기분이 들었다.

백 번을 양보한다고 해도 그라면 절대로 옥봉처럼 하지 못할 것이다. 아니, 못한다.

그는 이처럼 간단한 일을 이제야 깨닫게 되었다. 돌이켜 생각해 보면 그가 여자 문제에 있어서 얼마나 우매하고도 안일하게, 그리고 쉽게 생각하고 또 대처를 했다는 말인가.

도대체 옥봉이 무슨 죄가 있다고 그녀에게 두 번씩이나 가슴에 못질을 해야 한다는 말인가.

"미친놈……."

그런 중얼거림이 그의 입술 사이에서 저절로 흘러 나갔다.

그의 표정을 조심스럽게 살피던 연종초가 잘근잘근 입술을 깨물면서 말했다.

"그렇다고 해도 저는 절대로 물러나지 않겠어요……!"

"음."

연종초는 단호한 표정을 지었다.

"저는 이제 서방님 없는 삶은 생각조차 할 수가 없게 됐어

요. 제가 서방님 곁을 떠나야 한다거나 서방님이 제 곁을 떠
난다면 저는 자결하고 말 거예요."

                    *   *   *

연종초가 그 말을 하고 나서부터 화운룡의 표정이 눈에 띄
게 어두워졌다.

그는 완전히 다른 세상에 들어와 있는 듯한 기분이다. 하긴 처
음으로 여자의 입장에서 일부다처(一夫多妻) 상황이 되면 어떤 기
분이 될지를 상상해 보았으니까 기분이 정상이면 이상한 일이다.

그렇다고 이제 와서 연종초를 모른 체하거나 버린다는 것
은 있을 수 없는 일이다.

그렇게 생각한다면 두 번째 부인 향아도 버려야 한다. 그에
게 아내는 오로지 옥봉 한 사람뿐이어야 하는 것이다.

옥봉 입장에서는 향아든 연종초든 남편을 빼앗아가는 연
적(戀敵)이기는 마찬가지이기 때문이다.

그가 연종초를 세 번째 부인으로 맞이하려는 것은 옥봉이
얼마나 착한지, 그리고 그녀의 인내심이 얼마나 강한지 시험
해 보려는 얄궂은 심보일 뿐이다.

연종초는 지금 자신이 얼마나 초조한지를 설명하기 위해서
그런 비유를 했던 것인데 화운룡이 이처럼 큰 충격을 받을 줄

은 예상하지 못했다.

하긴 연애가 숙맥이긴 둘 다 마찬가지다. 연종초로서는 혹 떼려다가 혹을 하나 더 붙이고 말았다.

그녀로서는 화운룡이 그런 사실을 모르고 뻔뻔하게 배 째라는 식으로 나가는 것이 더 좋았을 테니까 말이다.

그 덕분에 연종초는 그런 말을 하기 전보다 훨씬 더 초조해져서 안절부절못했다.

마침내 운명의 시간이 다가오고 말았다.

옥봉 등이 대묘봉에서 내려 야말과 굴락의 안내로 일제히 운룡재 삼 층으로 날아오른 것이다.

노대에 내린 그녀들은 실내로 달려 들어오면서 반가운 표정으로 화운룡을 불렀다.

"용공!"

"류 니쨩!"

"주군!"

"사부님!"

옥봉과 자봉은 화운룡을 '용공'이라 불렀으며, 항아는 '류 니쨩'으로, 손설효와 연군풍은 '주군', 그리고 한봉과 선봉은 '사부님'이라고 불렀다.

명림이 작은 소리로 '여보'라고 불렀지만 다른 외침이 워낙

커서 그녀의 부름은 묻혀 버렸다.

여덟 명의 각별한 여자들은 한나절 동안 떨어져 있다가 다시 만난 화운룡이 너무나도 반가운 탓에 그 외에는 아무도 보이지 않았다.

"별일 없었어요?"

일곱 명의 여자들은 옥봉이 제일 먼저 화운룡과 재회할 수 있도록 한 걸음 뒤로 물러났다. 일곱 여자들이 화운룡 주위에 몰려 있는 것은 얼핏 보기에는 무질서한 것 같아도 그녀들 나름에는 다 약속과 질서가 갖추어져 있는 것이다.

옥봉이 제일 먼저, 그다음에 항아다. 정부인과 이부인이기 때문이다. 그리고 자봉과 명림, 손설효, 선봉, 한봉, 연군풍 순으로 화운룡에게 인사와 더불어서 자신들이 얼마나 그를 보고 싶어 했는지를 표현할 수 있는 기회가 주어진다.

순수함과 착함의 극치인 옥봉이 그런 질서와 순서를 정했을 리 만무하다.

그런 일을 자임하고 나선 사람은 뜻밖에도 자봉이다. 그녀는 자신을 비롯한 여덟 명의 여자들이 한결같이 화운룡을 사랑하고 있다는 사실을 알게 되었다.

그래서 그녀는 옥봉과 자신을 위해서 화운룡을 사랑하는 여자들 모임의 규율자를 자처하고 나선 것이다. 규율자가 된 덕분에 자봉은 자신을 세 번째 서열에 올려놓을 수 있었다.

지금 연종초의 시선은 한 사람에게만 고정되었다. 그 사람을 보려고 해서 본 것이 아니라 저절로 시선이 그쪽으로 가더니 딱 멈춰 버렸다.

연종초 얼굴에는 크게 놀라고 또 감탄하는 표정이 역력히 떠올랐다.

그녀가 시선을 떼지 못하고 있는 여자는 화운룡의 두 손을 잡고 화사하게 미소 짓는 옥봉이다.

화운룡은 자신 주변의 여자들 신상에 대해서 연종초에게 심심상인으로 기억을 전해주었지만 거기에 옥봉이 얼마나 아름다운지는 들어 있지 않았다.

원래 연종초는 자신을 비롯한 모든 여자들의 미모에 대해서 전혀 관심이 없었다.

그렇기 때문에 그녀는 평소에 예뻐지기 위해서 아무런 노력도 기울인 적이 없으며 자신의 용모가 아름답다는 사실조차도 알지 못하고 또 관심도 없었다.

그녀가 자신에게 아름답다고 칭찬하는 것을 매우 싫어한다는 사실을 잘 알고 있는 측근들은 매우 오랫동안 그녀에게 아름답다는 칭찬을 하지 않았었다.

그런데 지금 연종초의 시선 끝에 서 있는 옥봉의 절대적인 아름다움은 같은 여자인 그녀의 넋을 빼앗기에 부족함이 없을 정도다. 여자의 미에 대해서는 추호도 관심이 없었던 연종초에게 새로운 세계가 열리고 있는 것이다.

'저 여자가 옥봉……'

연종초는 그녀가 옥봉이라는 사실을 한눈에 알아보았다.

첫 번째로 재회의 인사를 끝낸 옥봉은 옆으로 물러나다가 저만치에 우두커니 서서 자신을 응시하고 있는 연종초를 발견하고 가볍게 표정이 변했다.

연종초가 옥봉을 한눈에 알아봤던 것처럼, 옥봉 역시 연종초를 처음 발견한 순간 그녀가 천여황일 것이라고 한눈에 알아보았다. 또한 옥봉은 연종초를 보는 순간 그녀의 절세적인 미모에 약간 가슴이 두근거렸다.

옥봉과 연종초에게 공통점이 있다면 스스로의 아름다움에 별다른 관심이 없다는 사실이다.

그런데 지금 두 여자는 자신이 아닌 상대의 아름다움에 난생처음 놀라고 있는 것이다.

옥봉과 연종초의 시선이 아교로 붙인 것처럼 딱 마주쳤다. 아니, 연종초는 옥봉에게서 시선을 뗀 적이 없었으며 옥봉이 뒤늦게 그녀를 발견한 것이다.

옥봉은 이끌리듯이 연종초에게 다가갔다. 그녀가 천여황이라고 하더라도 화운룡 지척에 있다면 위험하지 않기 때문일 것이라고 짐작했다.

또한 야말이 화운룡과 천여황의 대화가 잘됐다고 전해주기도 했었다. 그러나 야말은 천여황이 화운룡 허벅지에 앉아서 다정한 연인처럼 보였다는 얘기는 하지 않았다.

원래 화운룡과 천여황은 원수지간이었다. 사실 화운룡 혼자 천여황을 그렇게 생각했을 뿐이지만 옥봉이 그런 것까지는 알지 못했다.

그런데 화운룡은 고심 끝에 대승적인 차원에서 중원 천하와 천신국의 평화와 화합을 위해서 백 보 양보하여 천여황을 원수로 여기지도, 죽이지도 않을 것이라는 결정을 내렸다.

그래서 그는 그런 전제를 갖고 천여황과 손을 잡으려고 이곳에 왔던 것이다.

연종초는 자신에게 걸어오는 옥봉을 보고 바짝 긴장했다. 그녀는 자신이 긴장하고 있다는 사실을 느끼지 못할 정도로 긴장하고 있었다. 연종초는 천하에서 자신을 긴장시킬 만한 일이 있을 것이라고는 생각해 본 적이 없었다.

연종초의 눈에는 옥봉이 화운룡의 본처이자 정부인, 그리고 천하제일의 미녀로 보였다.

그래서 옥봉의 결정 여하에 따라서 이제부터 연종초가 화운룡 곁에 머물 수도 있을 테고, 아니면 당장 그의 곁을 떠나야 하는 일이 발생할 수도 있다고 생각했다. 그렇기에 옥봉 앞에서 긴장하지 않을 수가 없는 것이다.

이윽고 옥봉이 연종초 앞에 멈춰서 방그레 미소를 지었다.

"나는 주옥봉이에요."

연종초는 몹시 긴장한 탓도 있지만 이런 인사치레가 매우 낯설어서 우두커니 서 있기만 했다.

그러자 옥봉이 미소 지으며 물었다.

"당신은 누구죠?"

"나는……."

연종초의 목소리가 꽉 잠겼다.

"연종초예요."

슥—

"반가워요."

옥봉이 서슴없이 두 손을 내밀어 연종초의 두 손을 잡았다.

"……."

연종초는 옥봉의 손이 매우 섬세하면서 부드럽고 따뜻하다고 느꼈다. 그 따스함이 연종초의 팔을 타고 올라오더니 심장과 머리에 전해지면서 여태까지 그녀가 지니고 있던 긴장을 다소나마 풀어주었다.

연종초는 옥봉에게는 선천적으로 사람의 마음을 어루만져 주는 놀라운 능력이 있음을 깨달았다. 연종초는 용기를 내서 옥봉의 두 손을 마주 힘주어 잡았다.

"고마워요."

연종초는 옥봉이 어째서 화운룡의 정부인이며 그가 그토

록 믿고 사랑하는 여자인지 알 수 있을 것 같았다.

화운룡이 옥봉과 연종초를 향해 다가왔다. 그는 편법 따위
는 쓰지 않고 정면 돌파하기로 마음먹었다. 옥봉이 어떤 반응
을 보이든지 다 감수할 각오다. 자신이 저지른 일을 감추고 싶
지 않았다.

"봉애."

옥봉은 한 손으로는 연종초의 손을 잡고 다른 손으로 화운
룡의 손을 잡으며 방그레 미소 지었다.

"우리는 방금 인사했어요."

"무슨 인사……?"

화운룡은 의아한 표정을 지으며 연종초를 쳐다보았다. 혹
시 그녀가 옥봉에게 솔직하게 다 얘기했을지도 모른다는 생
각이 들었다.

"이분이 연종초라고……."

"그… 그래. 그녀는 종초, 연종초야."

항아와 자봉 등이 화운룡 좌우와 뒤쪽에 반월처럼 둥글게
모여들었다.

그때 화운룡 뒤쪽에 서 있던 연군풍이 연종초를 발견하고
크게 놀라서 앞쪽으로 나섰다.

"사부님……."

연종초는 이런 자리에서 뜻밖에 연군풍을 발견하고 의아한

표정을 지었다.

"군풍아, 네가 어째서……."

연군풍은 화운룡의 심지공에 의해서 조작된 기억 즉, 화운룡의 수하라는 기억이 강제로 주입된 상태다.

그러다 보니까 연군풍의 뇌리에는 자신이 화운룡의 수하로서 측근이며 또한 연종초의 제자라는 사실이 각인되어 있다.

화운룡이 연종초에게 이어전성을 보냈다.

[내가 군풍의 머리에 그녀가 내 수하라는 기억을 심었다. 종초를 찾기 위해서였어.]

연종초는 화운룡을 보며 보일 듯 말 듯 고개를 까딱거려 알았다는 표시를 했다.

화운룡은 비어 있는 손으로 연종초의 손을 잡았다.

"봉애, 종초는 내 여자가 됐어."

"……."

화운룡의 느닷없는 말에 놀라지 않은 사람이 없다. 옥봉을 비롯한 여자들은 물론이고 연종초마저도 크게 놀라서 눈을 동그랗게 떴다.

화운룡은 미리 매를 맞는다는 심정으로 말을 이었다.

"나는 이 년쯤 전에 종초하고 하룻밤을 보낸 적이 있었어."

"아……."

"설마……."

몇 여자가 탄식을 흘려냈다.

옥봉이 아무리 용서와 이해로 똘똘 뭉쳐진 천상의 선녀라고 해도 방금 화운룡의 말에는 머릿속이 텅 비어버렸다.

중원 천하의 실질적인 지도자라고 할 수 있는 화운룡이 천외신계의 최고 우두머리 천여황하고 하룻밤을 보내 그녀를 자신의 여자로 만들었다는 사실이 지니고 있는 의미는 실로 엄청난 것이다.

옥봉을 비롯한 일곱 명의 여자들은 크게 놀라는 표정으로 화운룡과 연종초를 바라보고 있으며 깊은 심해 속에 가라앉은 것 같은 무거운 침묵이 흘렀다.

화운룡은 여자들이 이처럼 강력한 반응을 보일 것이라고는 예상하지 못했었다.

옥봉을 기다리면서 예상한 바로는, 그가 익히 알고 있는 옥봉의 너그러움과 이해심이라면 이 정도의 일은 조금 힘들기는 해도 그럭저럭 넘어가야 맞는다.

그러나 이런 반응은 솔직히 예상 밖이다. 화운룡은 비로소 현실의 높은 벽에 직면했다. 그리고 그는 옥봉의 너그러움과 이해심이 부족함을 탓하기보다는 자신이 너무 엄청난 짓을 저지른 철면피였다는 사실을 깨달았다. 보편적으로 이런 일은 천하의 그 어떤 가정집에서도 통하지 않는다는 사실을 이제야 깨달은 것이다.

'도대체 나라는 놈은…….'

화운룡은 스스로를 꾸짖다가 옥봉이 잘근 입술을 깨물고 어금니를 힘껏 깨무는 것을 보았다. 옥봉의 창백했던 얼굴에 햇살 같은 한 줄기 미소가 처음에는 아주 희미했다가 점점 커지더니 나중에는 화사하게 피어나는 꽃처럼 얼굴 전체로 퍼졌다.

"반가워요. 우리 가족이 된 것을 환영해요."

차분하지만 가만히 음미하면 가늘게 떨리는 목소리다.

화운룡이 연종초가 자신의 여자가 됐다는 선언을 하고 나서 옥봉이 연종초를 가족으로 인정한다는 말을 하기까지 걸린 시간은 다섯 호흡 정도에 불과했다.

하지만 그 짧은 시간 동안에 옥봉은 지옥의 가장 밑바닥까지 가라앉았다가 돌아왔다. 어쩌면 지옥의 밑바닥에서 그녀의 몸은 다 타서 재가 돼버렸을지도 모른다.

그랬다는 것을 누가 설명해 주지 않더라도 화운룡은 그것을 알 수가 있다.

그리고 다섯 호흡이라는 짧은 시간 안에 옥봉은 절망을 순전히 자신 혼자서 극복하고 연종초를 화운룡의 세 번째 부인으로 인정해 주었다.

옥봉이 죽을힘을 다해서 절망을 이겨냈다는 사실을 화운룡은 너무도 잘 알고 있다.

아까 연종초가 입장을 바꿔놓고 생각해 보라고 한 것처럼,

만약 화운룡이 옥봉 입장이라면 죽으면 죽었지 절대로 연종 초를 받아들이지 못한다.

그렇기 때문에 옥봉이 얼마나 어렵게 연종초를 받아들였는 지, 아니, 화운룡을 용서했는지 그는 뼛속 깊이 깨닫게 되었다.

화운룡이 아는 것을 연종초가 모를 리 없다. 그녀도 조금 전에 옥봉이 아주 짧은 순간 입술을 깨물고 어금니를 악무는 것을 보았다.

연종초가 옥봉 입장이라고 해도 이것은 절대로 받아들일 수 없는 일이다. 그러니까 그것을 받아들이는 옥봉이 얼마나 대단한 여자이며 그녀의 심적 고통이 얼마나 클지 짐작하는 것은 어려운 일이 아니다.

그때 한쪽에 서 있던 아오메가 급히 화운룡에게 달려오며 서찰을 내밀었다.

"방금 도착한 서찰이에요."

화운룡은 서찰을 받아 급히 펼쳐서 읽었다. 서찰을 다 읽 은 그의 얼굴에 조급함이 떠올랐다.

"흑천성군이 오십 리까지 접근했다."

흑천성군이 무엇인지 아는 사람들 얼굴에는 초조함과 다급 함이, 지금 상황을 자세히 모르는 사람들 얼굴에는 긴장감이 떠올랐다.

"흑천성군이란……."

화운룡이 옥봉을 비롯한 모두에게 진중한 얼굴로 설명을 시작했다.

거대한 비룡은월문 내에서 가장 넓은 대연무장 가장자리에 화운룡과 옥봉, 연종초 등이 모여 있다.

단단하게 굳은 표정의 화운룡은 모두를 보며 말했다.

"현시점에서 조심해야 할 것이 너무 많지만 그중에서도 가장 조심해야 할 것은 우리가 흑천성군에 대해서 아무것도 모른다는 사실이야."

그는 잠시 틈을 두었다가 말을 이었다.

"그렇기 때문에 지금부터 짜는 작전이 매우 중요하다."

모두의 얼굴에는 비장함이 가득 떠올라 있어서 쥐어짜면 핏물이라도 떨어질 것 같았다.

『와룡봉추』 19권에 계속…